すずの
またたび
デイズ

消えた推しを
さがせ!

原作 トロル

文 井上亜樹子　絵 雛川まつり

キャラクターしょうかい

すず

カフェ「ラッキーキャット」のひとりむすめ。自分の本当にやりたいことをさがすため、友だちとルームシェアを始めた。しゅみはバイクとボクシング。

グレねえ

すずの高校時代の先ぱい。こわそうに見えるが、かわいいもの好きで、茶道を習っているなど、意外な一面も。本名はグレイシア。

あずき

すずの高校時代からの友だち。みんながおどろくほど、マイペースな性格。アイドル歌手のギョンギョンと小豆アイスが大好き。

キザール

船上パーティーでアルバイトをしている。言うことがキザ。

アズマ

船上パーティーでアルバイトをしている。もの静か。

キミくん

うみかぜシティーではたらいている。あずきとは知り合いのようだが……?

ベリー

人気急上昇中のアイドル。すずとは不思議な縁があり、ときおり顔を合わせる。

ギョンギョン

あずきが大好きなアイドル。俳優やモデルの仕事もこなす、売れっ子。

これまでのお話

あたいはすず！
あたいは今、昔からのダチのあずきとグレねえと３人で、ルームシェアをしながらくらしてるんだ。

なんで３人でルームシェアをすることになったかと言うと──。
あたいはもともと、おやじがマスターをしてるカフェ「ラッキーキャット」の手伝いをしてたんだけど、自分のやりたいことや、将来の夢がなんなのか全然わかんなくて、ちょっともやもやしてたんだ。

そんなとき、あずきから、グレねえと３人でルームシェアしようってさそわれて、やってみることにしたんだ！
新しい世界にとびこめば、自分のやりたいことも見つかるかもしれないし、なにより、あずきとグレねえといっしょにすむなんて、楽しいに決まってるしな！

あずきが見つけてきた家は、めちゃくちゃりっぱなおやしきだった。
お城みたいにでっかくて、お茶会が開けるような庭まであるんだ！

このおやしきは、ただごうかなだけじゃなくて、ちょっと変わってるんだ。
　まず、ほとんどの部屋にかぎがかかってて開かねーし。
　かと思えば、昨日までなかったはずの場所にかぎが落ちてたり、かくしとびらがあらわれたりしたんだぜ！

　それに、ぐうぜん、あたいたち3人それぞれにぴったりの部屋まであったんだ。

　だけど、こんなすげーおやしきだから、当然家賃もすげー高いんだ。
　あずきは家賃をかんちがいしてたらしいけど、ここまできたらもう引きかえせねえ。だから3人でバイトして、家賃をかせぐことにしたんだ。
バイトだって、やりたいことをさがすヒントになるかもしれねえしな！

　3人でケーキ屋さんとテレビ局でバイトをしたあと、あたいはたんてい事務所、グレねえは占いの館、あずきは金継ぎ職人のところでバイトを始めたんだ。今度こそ長続きすればいいなと思ってたんだけど、それもいろいろあってやめることになっちまった！
　いったいこれからどーなるんだ！？

キャラクターしょうかい 2
これまでのお話 4

消えた推しをさがせ！ 7

- ぎょぎょーん！！ 最悪のニュース 8
- 到着！ うみかぜシティー 19
- 華麗なる新バイト！ 31
- ギョンギョンをさがして 39
- あずきの元カレあらわる！ 46
- あやしいのはあいつ！？ 67
- 船上パーティースタート！ 83
- 明かされる真実！ 109
- ギョンギョンの選択 123

すず・あずき・グレねえとギョンギョンの
ドキドキタイムカプセル 137

またたび日誌
番外編　ギョンギョンの
　　　　お仕事スケジュール 156

ぎょぎょーん!!
最悪のニュース

　ここは、森の中にひっそりとたたずむ、華麗なおやしき。

　すずは、カーテンのすきまからもれるあたたかな日差しを背中に受けて、ぐっすりねむっています。

「ぐう、ぐう……いてっ！」

　しかしとつぜん、ひたいへの強い衝撃で目が覚めました。

「ううう……なんだよ……」

　ねぼけまなこをこすりながら、すずは体を起こします。

　クイーンサイズのベッドの上には、すずのほかにグレねえとあずきもいて、ふたりはまだ寝息をたてていました。

　あずきの足は、さっきまですずの頭があったところに

放りだされています。どうやらあずきの寝相の悪さでたたきおこされたらしいと、すずは察しました。
　部屋の中には、ギョンギョンのグッズやCD、ポスターなどが所せましとならんでいます。
　ギョンギョンとは、あずきがこよなく愛するアイドル歌手で、ここはあずきの部屋でした。
　すずは部屋の中を見まわして、昨日のことを思いだします。
　それは夕方のことでした。あずきがギョンギョンのラ

イブに当選し、チケットがとどいたのです。

　それはなんと、最前列の真ん中の席でした。

　あずきはもう大はしゃぎで、夜になってもすずとグレねえをねかせようとしません。

　仕方なく、ふたりはあずきの部屋のベッドの上で、えんえんと続くあずきのギョンギョン語りをききながら、ライブに持っていくうちわ作りを手伝いました。いわゆる推し活です。

　しかしいつの間にか、３人でねむってしまっていたようでした。

「やれやれ」

　すずは肩をすくめて、ベッドから立ちあがりました。

　時計を見ると、もう昼の12時すぎ。カーテンとまどを開け、さわやかな風をとりこみます。

　すずは鏡をのぞくと、手首にかけていたゴムで、髪をポニーテールに結びます。活発な性格で動くのが好きなすずは、これがお決まりのスタイルです。

やがてグレねえも目を覚ましました。

「ううん……おはよう」

　グレねえは白いレースのついた、ロマンティックなパジャマを着ています。冷静沈着で大人びて見られるグレねえですが、実はかわいいものが大好きなのです。

「おはよう！　ってか、おそようだぜ」

　すずが笑って言います。

　グレねえはぼやける目で時計を見て、ため息をつきました。

「起きたら昼すぎかい……。まずいねェ。今はバイトもしてないし、このままじゃダメ人間まっしぐらだよ」

　少し前から、すずたちは3人で、このおやしきでルームシェアをしています。

　おやしきはとても広く、置いてあるインテリアもごうかなものでした。

　なぜかとびらが開かない、開かずの間がたくさんあったり、おばけらしきものが出たり、気になるところもあ

りますが、りっぱなおやしきであることにまちがいはあ
りません。

　それだけに、家賃もとても高いのです。

　すずたちは、その家賃をなんとかしはらうべく、いろ
いろなアルバイトにちょうせんしているのですが……な
ぜだか、どれも長続きしません。

　この間までは、すずはたんてい事務所、グレねえは占
い師のアシスタント、あずきは金継ぎ職人の弟子をして
いました。

　けれど、たんていと占い師が悪事に手をそめていたこ
とがわかってたいほされ、すずとグレねえは仕事を失い
ました。あずきも金継ぎで、人形をひとつ修理しおえる
と満足してしまって、弟子をやめました。

　それ以来３人は新たなバイト先をさがしているのです。

「まあ、きっとすぐに新しいバイトは見つかるよ！」

　すずは持ち前の明るさでそう言うと、テレビをつけま
した。

あずきはまだねむっていますが、テレビの音くらいで目を覚ましたりしないことを、ふたりはよく知っています。

　すずとグレねえは、寝起きの頭でぼんやりとテレビをながめます。うつっているのはニュース番組で、1週間の天気予報が流れています。

「ずっと晴れか。あたい、ランニングしてこようかな」

　すずがつぶやいて、顔を洗いに行こうとしたときです。

　次のニュースが始まりました。

「ここからは最新の芸能ニュースをお伝えします。人気アイドル歌手、ギョンギョンさんのゆくえが数日前からわからなくなっていることが判明しました」

「……えっ？」

　すずとグレねえは、同時に声をあげました。

　あずきがこよなく愛するギョンギョンは、本業のアイドル歌手だけでなく、俳優やモデルの仕事もこなす売れっ子です。

このニュースが本当なら、世間も、あずきも、大さわぎでしょう。

　ニュースキャスターは続けます。

「ギョンギョンさんは昨日も収録の予定がありましたが、すがたを見せず、連絡もつかない状況。ギョンギョンさんのゆくえを知る者はだれもいないということです」

　キャスターがコメンテーターに、まゆをよせて問いかけます。

「それってもしかしたら、ゆうかい事件かもしれないってことですか？」

「可能性は否定できませんが、まだなんとも言えませんね」

　ニュースの話題は次にうつります。

　しかしすずは、ギョンギョンしっそうのニュースで頭がいっぱいでした。

「おいおい、これあずきが知ったら大変だぜ。なにしでかすかわからねえぞ」

「……ギョンギョン、さがしにいく」

「そうだよ、あずきならそう言いかねない……え!?」

　すずとグレねえは同時にふりかえりました。

　そこには、ねているとばかり思っていたあずきが、こわいくらいに目を見開いてすわっています。

「ギョンギョン……いない。ギョンギョン……消えた。ギョンギョン……」

　あずきは真ん丸な目で遠くを見つめて、やっときこえるほどの小さな声でつぶやきます。

　すずとグレねえは、いやな予感がして、とっさに耳をふさぎました。

　そしてそれは、大正解でした。

「ギョンギョ————ン!!!!」

　あずきは、まどガラスがふるえるほどの大声を発したかと思うと、いきおいよく立ちあがり、ベッドの下をのぞきこみます。

「ギョンギョン!」

　続いてクローゼットと引き出しをらんぼうに開きます。
「ギョンギョン、どこ!?」
　さらに小さなオルゴールを開けると、さかさまにして中のものをふりだします。
「ギョンギョン、返事して!!」
「落ち着くんだよ。そんなところにギョンギョンがいるはずないだろう？」
　グレねえが部屋中を走りまわるあずきを制止しました。
「だってだって、だってえええ〜!!　ギョンギョンの歌とライブは、どんな宝石よりキラキラでピカピカで

サイコーなんだよ！　それがなくなったら、あたし大好きな小豆バーの味だってわかんなくなっちゃうよ〜！」
　いつになくとりみだすあずきを見て、すずもグレねえも、かけることばがありません。
　そのとき、テレビからキャスターの声がきこえてきました。
「あっ、今ギョンギョンさんの件で続報が入りました。３日前、ギョンギョンさんと思われる人物が、うみかぜシティーでもくげきされたとのことです。これが現在確認されている、ギョンギョンさんの最後の足取りとなります」
　あずきはそれをきいて、さけびました。
「あたし……あたし……うみかぜシティーに行ってくる〜‼」
「ええ⁉　今から出発しても、今日は帰ってこられないきょりだぜ⁉」
　すずがそう言いおわるより早く、あずきは部屋からと

びだしていきました。ドタドタドタッ！　と階段をかけ
おりる音がします。
「待てよ！　せめてさいふくらい持ってけー！」
　とっくにすがたの見えなくなったあずきに向かって、
すずは声をはりあげました。

到着！
うみかぜシティー

　街中に満ちる、潮の香り。長く続く石段と、白いへいの建物。

　小高い丘からはきらめく海が見わたせ、その海にはいくつものヨットがうかんでいます。

　ここは、うみかぜシティー。

　大急ぎでしたくをしたすずとグレねえは、なんとかあずきに追いついて、今3人はいっしょに道を歩いているのでした。

　すれちがう人びとに、ギョンギョンを見かけていないかきいてまわるあずきをしりめに、すずは大きく潮風をすいこみました。

「ふーっ！　海のにおいだな！」

「まさか今日、うみかぜシティーに来ることになるとは

19

ね。でもさすが、おしゃれなお店が多いねェ」
　グレねえもそう言って、街を見わたします。
　森のおやしきから街に出て、そこからさらに３時間ほどバスに乗ってたどりついたうみかぜシティーは、リゾート地として多くの観光客がおとずれます。
　そのため、街はどこか異国風で、すずとグレねえはすっかり旅行気分でした。
「さて、とりあえず今晩の宿をさがさないとね。……で

きれば、格安のところを」

「そうだな……」

　すずはグレねえのことばにうなずきました。ただでさえ、すずたちのおさいふはピンチなのです。

「なあ、あずき。どっか知ってるホテルとか、あったりするか？」

　すずが、ななめうしろにいるはずのあずきをふりかえってたずねます。

　しかし、そこにあずきのすがたはありませんでした。

「あれっ？　あずき、どこだ!?」

　返事の代わりに、男の人の声がとんできました。

「こらーっ！　あんた、なにやってんですかな!?」

　声のした方を見ると、そこにはレンガ造りの建物と広いフラワーガーデンがありました。

　フラワーガーデンには着かざった人たちがたくさんいて、立食パーティーを楽しんでいるようです。

　あずきはいつの間にかそのフラワーガーデンの片すみ

で、スーツを着たスタッフらしき男の人に、肩をつかまれていました。
「あずきっ！」
　すずとグレねえは、あわててあずきのもとにかけよります。
「あたしはギョンギョンをさがしてるだけなのにぃ！」
　あずきはほほをふくらませて、自分の肩をつかむ男の人に言いました。
　その男の人は、ぼうしをまぶかにかぶっています。
　そのため顔はよく見えませんが、こまったようにすず

とグレねえに言いました。

「この方のお知り合いですかな？　こまるんですよ。今はパーティーの最中なのに、乱入してきて、ギョンギョンを知りませんか？　ってたずねてまわって……」

「すみません。ごめいわくをおかけしました」

　グレねえは礼儀正しく頭を下げました。

　続けて、あずきに語りかけます。

「あずき。ギョンギョンが心配なのはわかるけど、ひと様にめいわくかけちゃダメだろう？　友だちのアタシとすずだけには、いくらでもめいわくかけていいけどね」

　グレねえにさとされると、あずきは少ししょんぼりしたようにうつむきました。

　すぐに、ぼうしの男の人に頭を下げます。

「ごめんなさいでした」

「わかっていただけたならいいんですよ。では、お気をつけてお帰りください」

　一同は最後にもう一度軽く礼をして、その場を立ちさ

ろうと足をふみだしました。

　そのときでした。すずの目に、フラワーガーデンのへいにはられた1枚のポスターが飛びこんできたのです。

　そこには、「イベントスタッフ募集」の文字が書かれています。

「あの、これって……」

　すずはその紙を指さして、先ほどの男の人に声をかけました。

「ああ、うちの会社のアルバイト募集ですよ。わたしはオーナーをしていましてね。今日と明日、2日間だけの短期の募集をしているのですが、なかなか集まらず……。もしかして、ご興味が？」

　すずとグレねえは視線を交わしました。これはすずたちに、ぴったりなじょうけんです。

　あずきがギョンギョンをさがしている間、すずとグレねえがバイトをしていれば、宿代もかせぐことができます。

すずとグレねえは、同時に大きな声でこたえました。
「そのバイト、応募させてくださいっ!」

　人手不足ということで、すずたちはアルバイトにその場で合格しました。
　さっそく準備中のイベント会場に向かってほしいと言われ、今すずとグレねえは、うみかぜシティーの港に停泊している客船に来ています。
　1000人くらいは乗ることができそうな大きくてごうかな船です。

船体は白と青のさわやかなカラー。完成したばかりという船は、どこもピカピカでまぶしくかがやいています。

　この新しく造られた船は、来週初めての出航で遠い国に行きます。そして明日は、それを記念した船のおひろめ会として、船上パーティーが開催されるのでした。

　3時間ほどかけて近くの海を航行しながら、船内では、マジックショーやいろいろなアーティストのライブ、プロレスショーなど、イベントがまんさいです。

「うわー、きれいな船だなー」

　すずのことばに、グレねえもうなずきます。

「あずきにも見せてやりたかったね。まあ、今はそれどころじゃないか」

　あずきは、今も街中でギョンギョンさがしをしています。

　いったんすずとグレねえと別れて、なんとか見つけたホテルで夜に集合する予定でした。

「ほんとはギョンギョンさがしを手伝ってやりたいけど、

バイトしてかせがないと、野宿になっちまうかもしれないしな」

　すずは苦笑まじりに言いました。

「早く見つかるといいねェ。たしかギョンギョンとは、すずも一度会ったことがあるんだろう？」

「ああ。マネージャーのヒラメさんとも会ったぜ！」

　すずとあずきはかつて、おしりたんていやブラウンといっしょに、ギョンギョンの撮影に立ちあったことがあるのでした。

　すずとグレねえの先を歩いていたオーナーが、デッキのすみで足を止めます。あいかわらずオーナーは、ぼうしを深くかぶっています。

「すずさん、グレねえさん。おふたりに現場のなかまを紹介します」

　いつの間にかオーナーのとなりには、ふたりのスタッフが立っていました。

「キザールさんとアズマさんですな。仕事でわからない

27

ことは、なんでも彼らにきいてください」

　キザールと紹介されたスタッフは、ずいっと一歩前に出ました。

　20代くらいの若い男性で、大きな目をきらきらさせています。ウェーブのかかった髪をしっかりとセットしていて、なかなかのおしゃれさんです。

「キザールです。よろしく！」

　キザールはすずとグレねえの手を、やや強引にとってあくしゅを交わしました。キザールの香水の香りが、ふたりの鼻に広がります。

「いやあ、ラッキーだなあ！　こんなにステキな方たち
といっしょにはたらけるなんて！　ふたりはまるで海に
さいた２輪の花のようだね！」

　キザールは、なんともキザなことを言ってのけます。

　グレねえは、うさんくさそうにキザールをにらみまし
た。

　すずは意味がわからないようすで、小首をかしげます。

「え？　海に花なんてさくのか？　地面がないのに？」

　すずのことばに、キザールはふきだします。

「ハハッ！　たとえだよ、た・と・え！」

「……はあ」

　すずはまだピンと来ないようです。

　続いて、アズマが言いました。

「どうも……アズマです」

　アズマもキザールと同い年くらいの、若い男性です。

　しかしよく顔が見えません。ぼうしをかぶり、黒ぶち
のあついめがねをかけ、ずっと下を向いているためです。

29

すずは、アズマのぼうしからわずかにはみでた髪の毛に目をひかれました。黒髪に赤と白のメッシュが入った、独特な色だったのです。

　ぼそぼそとしゃべるようすは、キザールと反対に、もの静かな印象です。

「よろしくな！　あたいはすず！」

「アタシはグレねえさ」

「それじゃあ、すずさんはアズマさんといっしょに会場内のかざりつけを、グレねえさんはキザールさんといっしょに買い出しに行ってきてもらいましょうか」

　オーナーが言うと、すずとグレねえはそれぞれの仕事にとりかかりました。

華麗なる新バイト！

　すずはアズマに連れられて、デッキの手すりの前に来ました。

「きみはこのあたりの手すりを花でかざってください……ぼくはあっちをやるんで。じゃ」

　あいかわらず下を向いたままぼそぼそ言うと、アズマはさっさと遠くに行ってしまいました。

「え!?　それだけ言われても……あたい、あんまセンスないぞ？」

　それでも言われたからには、やるしかありません。

　すずは近くにあった花の入ったカゴを手にとって、かざりつけを始めます。

「この針金で花を手すりにつけんのかな。あれ、なかなかうまくくっつかねえな。えいっ！　とりゃ！　……や

べえ、ボロボロになっちまった」

　手先の不器用なすずです。なかなかうまくいきません。

「うーん、ここをこうして……いでっ！」

　針金がすずの指にささりました。じんわりと血がにじんできます。

　すると、背後からうでがのびてきて、すずの手にふれました。

「大丈夫ですか」

　アズマです。アズマはポケットからばんそうこうを出すと、器用にすずの指にまきました。

「花をとめるには、こうするといいですよ」

　アズマは針金で花を手すりにとめるお手本を見せてくれます。花はあっという間に美しくかざられました。

「おお！　悪いな、めんどうかけて！」

「いえ。ぼくの方こそ説明もせず、すみませんでした」

　アズマはそう言ってほほ笑みます。

　ようやくはっきりと見えたその顔は、やさしげな目が

印象的な、端正なものでした。要するに、イケメンです。
　しかしすずがそう認識するよりも早く、アズマはまた下を向いてしまいました。
「じゃ……あとはよろしくお願いします」
　アズマは自分の持ち場にもどっていきます。
　すずは気合いを入れなおして、カゴの中の花に向かって言いました。
「覚悟しとけよ！　ぜってーきれいにかざってやるからな！」

　一方、グレねえはキザールとふたりで街を歩いていま

す。目的地は、業務用のスーパーです。

　そこで買う食材のリストをながめながら、グレねえは内心、居心地の悪さを感じていました。

　グレねえは、キザールのようにキザなことを言う、チャラいタイプは苦手です。必要以上のおしゃべりはしたくありません。

　グレねえは、歩きながらふと目についたものに、思わず声をあげました。

「あっ……！」

　グレねえの視線の先には、かわいらしい雑貨屋さんがあります。そのとびらの横には、巨大なテディベアがいすにすわっていました。

　かわいいものに目がないグレねえは、テディベアを見て、ほほをゆるめます。

　そんなグレねえを見て、キザールはほほ笑みました。

「ふふっ。グレねえちゃんはこういうのが好きなんだ。今、すごくいい顔してたよ」

「……別に」

　グレねえはキザールから顔をそむけました。キザールの軽いノリは、やっぱり苦手です。

　そんなつれないグレねえのたいどを気にすることもなく、キザールはおしゃべりを続けます。

「うみかぜシティーって、おしゃれだけど、なんだかのんびりしてて、すてきな街だよね。グレねえちゃんはこの辺の子じゃないみたいだけど、どうしてここに？　まさか旅行中に友だちとバイトってわけでもないよね？」

「いろいろと事情があるのさ」

「そっか。みんななにかしら、かかえているものがあるよね！　実はぼくもそうでさ。本当は親の仕事をつがなきゃいけなかったんだけど、なんかとつぜん、ぼくの人生これでいいのかなーって思っちゃって。それで家をとびだして、今は世界を放浪しながらその場その場で仕事をしてるんだ。そうしたらいつか、本当にやりたいことが見つかる気がして」

「それは、アタシも……」

　同じさ、と言いかけてグレねえは口をつぐみました。

　グレねえも、親の言うとおりに生きることに疑問を感じて、家を出たのです。

　そしてやりたいことを見つけるため、すずとあずきとルームシェアをしているのでした。

　けれど、会ったばかりのキザールにそんな話をするのは、気が引けます。

「なに？　なんか言いかけた？」

「いや、なんでもない」

グレねえがそう言うと、キザールはそれ以上追求しようとはしませんでした。

　キザールは、グレねえにほほ笑みかけて言います。

「ねえねえ、こうやってふたりきりで歩いてると、なんだかデートみたいだね！」

　グレねえは心の中でため息をつきました。

（やれやれ。なんぱな男だね）

　自分とにたきょうぐうに共感を覚えかけたところでしたが、やはりキザールの軽いノリには、あきれてしまいます。

「アタシは目的があってここにいるんでね。あいにくデートなんかしてる場合じゃないのさ」

「目的？」

「ある人をさがしてるんだよ。その人は、アタシの友だちにとって、とても大切な人でね。だから絶対に見つけてやりたいんだ」

　まっすぐなひとみでそう言うグレねえを見て、キザー

ルは少しおどろいて目を丸くしました。

「友だち思いなんだね……」

　キザールが感心したようすでつぶやくと、グレねえは足をとめました。

　ふたりは、もう業務用のスーパーの前に来ていました。

「さあ、おしゃべりはおしまいだ。手分けしてリストのものを見つけるよ」

「イエッサー！」

　グレねえとキザールは、足取り軽く店内に入っていきました。

ギョンギョンを
さがして

「あのっ！　この人見かけなかった？」

　あずきはうみかぜシティーの広場で、道行く人に、ギョンギョンの生写真をつきつけて言いました。

「お月様よりきれいで、おふとんよりもやさしくて、小豆バーより大切な人なのっ！」

「ギョンギョンね。ニュースは見たけど、ぼくは見かけてないよ」

　すずとグレねえと別れてから、もう1時間以上もこうしてききこみを続けています。

　けれどまだ、これといった情報はひとつも入手できていません。

　あずきはちょっと場所を変えてみようと思いたって、かけだしました。

広場から細い路地に入ろうと、角を曲がろうとしたときのことでした。

　ドンッ！

　衝撃を受けて、あずきはしりもちをつきました。

「あうっ！」

「まあ、ごめんなさい」

　あずきの前には、ハート形のサングラスをかけた女の人が立っています。あずきは、路地から出てきたこの女の人とぶつかったのでした。

「けがはない？」

　サングラスの女の人はゆうがな仕草であずきに手を差しのべます。

　あずきはその手をとって起きあがりました。

「うん！　大丈夫だよ！　あたしの方こそごめんね。急いでて、注意してなかったの」

「……あら？　あなたは、あのときの……」

「え？」

　女の人はなにかを言いかけましたが、ハッとしたようすで口をつぐみました。そしてごまかすように言います。
「いえ、なんでもないの。それより、なにか落ちたみたい。あなたの？」
　女の人は地面に落ちていた紙を拾いあげます。
「あっ！　ありがとう！　ギョンギョンのライブのチケットなの！　なくしちゃったら立ちなおれないもんね」
　それをきくと、サングラスの女の人は息をのみました。
「ギョンギョンの……チケット？　……でも、ギョン

ギョンはゆくえ不明だって……その、ニュースで見ましたけど」

「でもあたし、信じてるから！　ギョンギョンは絶対にもどってきて、ライブするよ！　っていうか、あたしがさがしだしてみせるの！　そのためにここまで来たんだもん！」

　あずきはこうふんぎみに鼻のあなをふくらませて言います。女の人は、そのいきおいにおされたように、一歩うしろへ下がりました。

「どうして、そこまで……？」

「だって、ギョンギョンは絶対にライブをやりたいと思ってるはずだもん！　ギョンギョンはね、歌うことが大好きなんだよ。あたしが小豆バー好きなのより、もっと好きなの！　だからあたしは、ギョンギョンの歌をきくと、すっごくうれしくなっちゃうんだ。お空もとべそうなくらい、幸せになっちゃうの！」

　ギョンギョンのすばらしさを語るあずきの目は、キラ

キラとかがやいています。

　サングラスの女の人は、なぜか動揺したようすで胸に手を当てます。

「そう……そんなにギョンギョンさんが好きなのね」

「うんっ！　あっ、そうそう。というわけで——ギョンギョン、見かけなかった!?」

　あずきはギョンギョンの生写真を出して、女の人に差しだします。

　女の人はまともに写真を見ようともせず、うつむいたまま言いました。

「ごめんなさい。知らないの。本当に……ごめんなさい」

　どこかさみしそうに言うと、女の人は足早に去っていきました。

　あずきはギョンギョンさがしを再開すべく、先へ急ごうとしました。

　しかし一歩ふみだしたところで足をとめ、女の人が去っていった方に目を向けます。先ほどのようすが気に

かかったのでした。
　しかし、すでに女の人のすがたはありません。
　ずいぶん足が速いんだなと思ったとき、声をかけられました。
「あずき！」
　ふりかえると、女の人が去っていったのとは反対の方向から、ひとりの若い男の人がこちらへ走ってきます。
　それは、あずきの見知った顔でした。
「えーっ!?　キミくん!?」
　タレ目でおとなしそうな雰囲気の彼は、あずきの高校

時代の恋人だったのです。

「ひさしぶりじゃないか！　あずき、どうしてこんなところに⁉」

「あたしはね、ギョンギョンをさがしにきたの！」

「ハハッ……あいかわらず、ギョンギョンが好きなんだ」

　キミくんはそう言うと、昔と変わらないやさしいほほ笑みをうかべました。

あずきの元カレ あらわる！

　その夜のことです。

　ボーッという低い汽笛の音が、小さなホテルのラウンジにひびきました。

　ここはすずたちが泊まるホテルです。

　安くて古いところですが、ラウンジのまどからはうみかぜシティー名物のきらめく夜景が見わたせます。

　しかしすずとグレねえは、そんなものには目もくれず、目の前のソファーにすわるキミくんをじっと見つめていました。

　「これが、あずきの……も、元カレ！」

　すずがごくりとつばをのんで言います。

　キミくんは、あずきとぐうぜんの再会をはたしたあと、立ち話もなんだからとホテルへ招待されたのでした。

すずとグレねえにあながあくほど見つめられ、キミく
んは居心地悪そうにほほのあたりをかきます。
「うわさにはきいていたよ。高校時代の元カレってこと
は、アタシたちと同じ高校だったんだね？　それにし
ちゃあ、見覚えがないけど」
　グレねえが言いました。
「あ、はい。ぼくはみなさんとはふたつ学年が下なので。
高校を卒業したあと、この街の飲食店ではたらいてるん
です」
「と、年下かあ……！」
　すずがおどろきの声をあげます。
「でもぼくは、すずさんとグレねえさんのこと知ってま
すよ」
「え、なんでだ？」
「あずきからきいてたし、有名でしたから。わが校の番
長として」
「そのよび方はやめてくれ。はずかしすぎる！」

47

すずはあわてて言いました。

かつてすずとあずき、グレねえは、それぞれ朝の番長、昼の番長、夜の番長とよばれていたのでした。

すずは朝早くからボクシングのトレーニングに来るものの、つかれて昼前にはねてしまうから朝の番長。

あずきはお昼くらいにゆるゆる登校してきて、大量のご飯を食べたらさっさと帰っていくので昼の番長。

グレねえは夜おそくまで針やはさみを用いて手芸にいそしんでいたすがたから夜の番長の名をつけられたのです。

もっとも、3人ともうでっぷしが強いので勝手に番長とよばれていましたが、本人たちにその自覚はありません。

「そんなことより、アンタには言わせてもらいたいことがあるよ」

グレねえは眼光するどくキミくんに言います。

キミくんはそのオーラにあっとうされて、思わずどき

りとしました。

　グレねえは立ちあがり、うでを組んでキミくんを見おろします。

　なにかまずいことをしただろうかと、キミくんは不安になってきました。

　グレねえが口を開きます。

「あずきとはどうやって知りあった？　付きあうってどんな感じだい？　告白はどっちから？　デートはどこで？　いちばんの思い出は？　ケンカしたことは？　差しつかえなかったら、なんで別れたのかきいていいかい!?」

グレねえはひと息に言いました。見事な質問ぜめです。

　すずとグレねえは、まだだれかと付きあったことがあ.

りません。

　特に恋人というものにあこがれているグレねえは、い

ろいろなことが気になって仕方がないのでした。

　あまりにもたくさんの質問をされたキミくんは、あず

きに視線で助けを求めました。

　しかしあずきはホテルに帰ってきてからというもの、

ラウンジのメニューにあったピザにひたすらがっついて

います。

「このチーズ、うまあ。頭の中までとろけちゃいそ～」

　ひとりごとを言いながらピザに夢中なあずきは、当然

キミくんの視線にも気づきません。

　自分でどうにかするしかないとさとったキミくんは、

おどおどと答えました。

「え、ええと……あずきにはぼくから告白したんです。

ぼくはサッカー部で、初めての試合のときにとてもきん

ちょうしていたんですが、チア部のあずきがマイペース
におどるところを見てたら、なんか勇気づけられちゃっ
て。それから、あずきのことが気になるようになって」
「なるほど」
　グレねえはなんの参考にするのか、しっかりと話のメ
モをとっています。
「グレねえ、ガチだな……！」
　すずはそんなグレねえに、やや引きぎみです。
「あずきと付きあったのは、３か月くらいで短かったけ
ど、とても楽しかったです。次の瞬間にはなにをしでか
すかわからないあずきから、目がはなせなくて」
「今もそうだけどねェ」
　グレねえが、ピザをほおばりつづけるあずきをしりめ
に言います。キミくんは笑って話を続けました。
「たとえば、こんなことがありました。ある日、デート
の待ち合わせ場所に行ったら、あずきがなぜか逆立ちを
してるんです。ほら、あずきってチア部とかけもちで、

51

砲丸投げもやっていたでしょう？　大会に向けて腕力を
きたえるとか言って、その日はデートの間、ずっと逆立
ちしてました。なんでも大会で優勝したらギョンギョン
のグッズを買ってもらえる約束を、ご両親にとりつけた
とかで……」

　すずとグレねえは、逆立ちでデートの待ち合わせ場所
に立っているあずきを想像しました。なんだかとても
しっくりきます。

「それは周りの人から注目をあびただろうな」

　すずが言うと、キミくんは深くうなずきました。

「はい、とっても。あ、でもトレーニングの成果はあっ
たみたいで……ある日、ぼくがサッカーの試合に遅刻し
そうになっていたら、あずきがぼくを試合会場へ放りな
げてくれたんです。おかげで、間に合いました」

「あずきはだれといっしょにいるときでも、ぶれないん
だねェ」

　グレねえが興味深そうにつぶやきました。

　キミくんはおだやかな口調で続けます。
「ぼくはどちらかというと、まじめで平凡な性格だから、あずきの型やぶりな行動に、新しい考え方をたくさん教えてもらったんです。……まあ、本人はそんなつもりないと思うけど」
　キミくんは横目でピザを食べつづけるあずきを見ます。そのまなざしには、あずきへの特別な想いが宿っている

ようでした。

「へー。じゃあ、なんで別れたんだ？」

　あっけらかんとたずねたのはすずです。

　今度はグレねえがすずに引く番でした。

「アンタ、そんなことをよくも軽がるしくきけるねェ
……！」

「グレねえだってさっききいてただろ⁉」

「話の流れってもんがあるのさ」

　キミくんはそんなふたりのやりとりに苦笑いをうかべ
ました。

　そして、話をそらすように言います。

「あはは……それよりぼくは、あずきに伝えなくちゃい
けないことがあるんだ」

　あずきはようやくキミくんに視線を向けました。

「ん？　キミくんもピザ食べたいのお？」

　キミくんはまじめな表情になって、あずきに向きなお
ります。

「そうじゃないよ、あずき。実はぼく、見たんだ。この
うみかぜシティーで……ギョンギョンを」

　しんと沈黙がおとずれました。

　ぼた、とあずきがピザを落とす音がやけに大きくひび
きます。

「ぎょ……ぎょ───ん!!」

　あずきはさけんで立ちあがりました。

「ほんとに!?　それ、ほんとのほんとのほんとのほん
とにい!?」

　あずきはキミくんの肩をつかんで、ゆらします。

　キミくんはあずきをなんとかおしとどめると、続きを
話します。

「昨日の朝、いつもどおり仕事に向かうとちゅうで、サ
ングラスをかけた女の人が、男の人といっしょに歩いて
るのを見た。すれちがう瞬間、とつぜん風がふいて、女
の人のサングラスがずれてね。その顔は、たしかにギョ
ンギョンだったよ。高校のころ、さんざんあずきにギョ

55

ンギョンのライブ映像を見せられてたから、まちがいはないと思う」

「それってどこ!?　どのへん!?」

「ぼくがはたらいているレストランのすぐ近くだよ」

　あずきはそれをきくと、ロケットのように部屋からとびだしていこうとします。

　しかしそれを予期していたグレねえに服のすそをつかまれて、はばまれました。

「あずき、つっ走るんじゃないよ。なじみのない土地だからね。出かけるならアタシとすずといっしょにだ」

「グレねえ……！　そうだよね、ふたりもギョンギョンに会いたいもんね！」

「アンタが心配だから言ってんだよ！」

　グレねえは一喝すると、やれやれと言うように首を左右にふりました。

　一方、すずはあごに手を当てて、考えながら口を開きます。

「たしか、ニュースではギョンギョンがゆうかいされた可能性もあるって言ってたよな。それが本当かどうかはわからねえけど、そのいっしょにいた男ってのがなにか知ってるのはまちがいないな」

「その男の特徴、覚えてるかい？」

グレねえにたずねられて、キミくんはうなずきました。

「はい。見たのは一瞬だったけど、とても整った顔立ちだったので。目はくっきりした二重で、それから髪は黒で、赤と白のメッシュが入っていました」

それをきいたすずは、なにか引っかかるものを感じました。

その特徴の人物を、どこかで見たことがあるような気がします。

グレねえはメモ用紙とペンを手にとり、キミくんからの情報をもとにして似顔絵をかいていきます。

やがてメモ用紙には、目鼻立ちのはっきりとしたイケメンがえがかれました。

「ああ、こんな感じでした！ すごいですね！」

キミくんはできあがった似顔絵を見て、感心したようすです。

すずも似顔絵をのぞきこみます。

やはり、みょうに引っかかるものを感じました。

（この顔、どっかで見たような？）

けれど、どこで見たのかは思いだせません。

ただのかんちがいだろうと思いなおして、すずはなにも言わずにおきました。

自分の家にもどるキミくんを、あずきはホテルの前で見送ります。

「ひさしぶりに会えてほんとにうれしかったよ。あの

……よかったら、明日も会えないかな？」

　別れぎわ、キミくんはあずきに言いました。

「あたしもうれしかったよ！　でも、明日もギョンギョンをさがす予定なんだあ」

「そっか……そうだよね」

　キミくんは残念そうにうつむきます。

「じゃあ、気をつけてね！」

　そう言って、あずきはホテルの中にもどろうとしました。

「あっ、待って！」

　よびとめられて、あずきはふりかえります。

　キミくんは、しんけんなまなざしであずきを見つめていました。

「ぼく……ずっとあずきのことがわすれられなかったんだ。今日出会ったのは、運命だと思う。もう一度、ぼくと付きあってほしい！」

　キミくんははっきりそう言いきりました。きんちょう

59

で、ほほが赤くなっています。

あずきは、いつも丸い目をさらに丸くしています。

「ぼくたちが別れたのは、あずきがあまりにもギョンギョンを好きで、ぼくがそれに嫉妬したからだ。デート中でも、ギョンギョンが出演するテレビがあると帰っちゃうし……。だけど、それはぼくが子どもだったって反省してる。なにかに夢中になれるところも、あずきのすてきなところだから。今のぼくなら、もっといい付き合いができると思うんだ。いっしょにギョンギョンのライブに行くのもいいよね。だから、きっと今度はうまくいくよ！」

少しの間、答えをさがすようにあずきは口をとざしました。

やがて、大きく息を吸うと、こしに手を当て片あしを上げて、チアリーディングのポーズをとります。

そして、おどりながら歌いはじめたのです。

「マイフレンズ〜♪　いっしょにいればいつもそこは夢

の国〜おとぎ話のなかまたち〜♪　いつまでもこうしてはいられない♪　だけどまだ目を覚ましたくないの〜♪　ア・モーメント・オブ・フレンドシップ♪」

　それは友情を歌った、ギョンギョンの歌のワンフレーズでした。

　ポーズをバシッと決めて、あずきはキミくんに笑いかけます。

「あたしの気持ちも、この歌と同じ感じなの！」

「え……？」

　キミくんはあっけにとられてぽかんとしています。

　しかし、すぐにあずきの言わんとしていることを理解

しました。

「今はすずさんやグレねえさんといる時間が大切……ってこと？」

「ピンポンピンポーン！　……あたしもね、ちゃんとキミくんのこと好きだったよ。やさしいキミくんといっしょにいると、なんだか落ち着くし、こっちまでやさしい気持ちになれるんだ。だから……楽しい思い出をありがとね！」

　あずきは明るい笑顔をキミくんに向けます。

　キミくんは少し悲しそうにうつむきました。

　けれどすぐに顔を上げます。その表情はどこか晴ればれとしています。

「……あずきの気持ちはわかった。でも、ぼくは待ってるよ。またあずきと会える日を」

　キミくんはおだやかにそう言って、右手を差しだしました。

　あずきもそれにこたえて、あくしゅを交わします。

「またね、キミくん!」
「うん、また!」
　キミくんはどこかすっきりした顔で、その場からかけだしました。

　ホテルのげんかんのすぐ近くで、すずとグレねえは息をころしていました。
　ジュースを買いに出ようとしたところ、うっかりあずきとキミくんの会話を立ちぎきしてしまったのです。
「今のが愛の告白……!　マンガや映画じゃ数えきれないほど見てきたけど、ホンモノは初めて見たねェ

……！」

　グレねえはおどろきとこうふんに声をふるわせています。

「しっ！　きこえるって！」

　すずがそれを制しました。

　するとふたりの前に、小さなかげがおどりでます。

「すずちゃん！　グレねえ！　ぬすみぎきしてたのお〜⁉」

　あずきです。おこったように、ほほをふくらませています。

「ご、ごめん！　わざとじゃないんだ！」

　すずは、あわててあやまりました。

　告白の現場を勝手に見られていい気持ちがしないことは、どんかんなすずにも想像がつきました。

「もう！　最近歌ってない曲だったから、へただったのに。ほんとはもっとうまいんだからね〜⁉」

「……そっちかよ！」

すずは思わずツッコミました。

　どうやらあずきが気にしていたのは、キミくんからの告白を見られたことではなく、ギョンギョンの歌をきかれたことだったのです。

「それよりさ、さっそくレッツゴーだよ！」

「え？　どこに？」

　すずがたずねます。

「決まってるじゃない！　キミくんがギョンギョンを見かけたところ！」

「ええっ、本当に今から行くのか⁉　もうおそいぞ⁉」

「ゴーゴー！　ゴーゴーダンスで非難ゴーゴー！　なーんちゃって！」

　わけのわからないことを言いつつ、あずきはすずとグレねえを引っぱっていきます。

　こういうマイペースなところが、あずきの魅力なのかもしれませんね。

　どこまでもマイペースなあずきを見て、グレねえは思

65

いました。

　（いつかアタシにも……ありのままのアタシを好きに
なってくれる人があらわれるのかねェ？　そうだといい
けど……）

　月明かりが、夜の街を歩く３人を見守っています。

あやしいのは
あいつ!?

　3人は、キミくんがはたらくレストランの前に来ています。

　キミくんはこのあたりで、ギョンギョンを見たとのことでした。

　観光客向けのお店が立ちならび、昼間はにぎやかな通りですが、今はもう、どこもシャッターを下ろしています。当然、行きかう人のすがたもありません。

「いくらここでギョンギョンを見たからって、そう都合よく同じ場所にあらわれるとは思えねえけどな。しかも、こんな時間に」

　すずがあたりを見まわして言いました。

　しかしあずきは希望をすてません。

「ギョンギョ〜ン！　出ておいで〜！」

ゴミ箱のふたを開けたり、街路樹をゆすったり、道ばたの大きな石を持ちあげてみたりします。

「そんなところにいるわけないだろう。アンタはギョンギョンをなんだと思ってるんだい？　……ん？」

　グレねえはあきれたようすで言ったあと、なにかに気づき耳をぴくりと動かしました。

「なにか、きこえないかい？」

　すずとあずきは、動きをとめて耳をすまします。

　するとたしかに、遠くからこちらへ向かってくる足音がきこえるのでした。

「かくれよう！」

　グレねえは言うが早いか、とっさに目の前のしげみにかくれました。すずとあずきもそれに続きます。

　足音は一同のすぐ近くまで来てとまりました。

　しげみからのぞいてみると、そこには、頭をすっぽりとフードでおおいかくしたなにものかが立っています。

　その人物は、なにかをさがすようにきょろきょろして

います。

「なんか服装といい、様子といいあやしすぎねえか?」

「話をきいてみたいけど、いきなり話しかけるのもちょっとこわいねェ」

　グレねえが小さな声で言います。

　すると、あずきがこたえました。

「あたしにいい考えあるよ!」

　あずきはしげみから出ていきます。

　ガサガサという音がして、フードの人物はふりかえりました。そして、びくりと体をふるわせます。

それまでだれもいなかったはずの場所に、とつぜんあずきがあらわれたのだから、当然です。

　あずきはいつの間に買っていたのか、ポシェットの中から小豆アイスバーをたくさん取りだして、声高らかに言いました。

「小豆アイス〜、小豆アイスはいらんかね〜。小豆〜、小豆〜、だよっ！」

　あずきの不自然すぎる行動に、すずとグレねえは頭をかかえました。

　フードの人物は、あぜんとしたようすで、体を硬直させています。

　あずきはそのまま、小豆アイス売りのフリをして、フードの人に近づいていきます。

「小豆〜、おいし〜い小豆アイス〜、だよっ！　そこの人、ひとつどお？　小豆アイスはかたいから気をつけて！　アイスが折れるか自分の歯がくだけるか、つねに一世一代の勝負だよお！」

あずきはそう言いながらフードの人物の前まで行って、その顔を見上げました。

　小柄なあずきは、フードの人物よりも背が低く、フードの下の顔をのぞきこむ形になります。

　そして見えた顔に、あずきは目を見開きました。

「あ……ああああああああああっ!!!」

　あずきはおどろきのあまり、こしをぬかしてその場にしりもちをつきます。

　フードの人物も同じくらいおどろいたようすで、こしをぬかしました。

　異常事態に、すずとグレねえもしげみからとびだします。

「あずき、いったいどうした!?」

　すずがあずきにかけより、たずねます。

「あ、あ……！」

　あずきは口をパクパクさせて、目の前のフードの人を指さすばかり。

71

「あずきがこんなにおどろくなんて……いったいだれなんだい!?」

　グレねえはそう言うと、こしをぬかしている人のフードに手をかけました。

「悪いけど、顔を確認させてもらうよ」

　グレねえが、そっとフードを上げます。

　その下の顔は──。

「ベリー!?」

　すずとグレねえは同時にさけびました。

そう、フードの人の正体はベリーだったのです。

ベリーはかつて、かいとうアカデミーの一員でした。

特に自分自身をかがやかせるものが好きで、とある指輪をぬすむため、おしりたんていを出しぬこうとしたこともあります。

しかし今は、かいとうから足を洗い、タレントとして活動しているのでした。

まだかいとうアカデミーの一員だったころに、ベリーはある計画の中で、すずの実家のカフェ・ラッキーキャットでアルバイトをしたことがありました。

すずとは、そのころからの付き合いです。

友だちというよりくされ縁ということばの方が合うかもしれませんが、なにかと顔を合わせる機会のあるふたりでした。

ベリーはおこったようすであずきに言います。

「もう！　なんですの、急に人の顔を見て大声出したりして！」

「だって、こんなところでベリーちゃんに会うと思わなかったから、びっくりしたんだもん。てへっ」

　あずきは自分で自分の頭を小づきました。

　すずはベリーにたずねます。

「そのかっこうはなんなんだ？　ずいぶんあやしいけど」

「もちろん、わたしがあの有名なベリーだとバレて、サインや写真を求める人が行列になるのをふせぐためですわ」

「ふうん。その有名なベリーがなんでここにいるんだ？」

「それには深い事情がありますの。わたしの指輪をとった容疑者を、追いかけてきたのですわ。少し長い話になりますけど、おききになります？」

　すずたちはうなずきます。

　ベリーは近くにあったベンチにこしかけ、ゆっくりと話しはじめました。

「その日、わたしはドラマの撮影のあと、おそくまで撮

影所に残ってたんですの。最近出したフォトブックに、たくさんサインをしなくてはならなかったのですわ。ようやくサインを終えて帰ろうとしたとき、その日つけていたお気に入りの指輪がなくなっていることに気づいたんです。その日、わたしと同じくおそくまで撮影所に残っていたのは、もうひとりの俳優さんだけでしたの」
「つまりそいつが容疑者ってことかい？」
　グレねえがたずねます。
「ええ。指輪がなくなったことに気づいて、わたしは彼

をさがしましたけど、そのときにはもう撮影所からすがたを消していたんです。でも、そうかんたんにあきらめられませんわ。ダイヤモンドの指輪なんですもの。わたしは独自の情報網を使って、その俳優さんのゆくえをさぐりました。すると、このうみかぜシティーでのもくげき情報が入ったのです。そういうわけで、わたしはずっとその俳優さんをさがしているのですわ」

　ベリーはそう語りおえると、なくした指輪に思いをはせるように、なにもはめていない自分の指をながめました。

「その俳優さん、有名ではありませんでしたけど、やさしい方でしたのよ。こんなことをするとは思えませんけど……やっぱり、人の本性はわからないということかしら」

　ベリーはそう言うと、ポケットから1枚の写真を出しました。

「せっかくですから、あなたたちにも見ていただきます

わ。この方、見かけませんでした？」

　グレねえは、うでを組みました。

「こいつはどこかで……あっ！」

　グレねえはポケットから、メモを取りだします。

　そこには、キミくんがギョンギョンといっしょにいるところを見たという、男の人の似顔絵がかいてあります。

「そっくりだ！」

　グレねえは似顔絵と、ベリーの持っている写真をくらべて言いました。

「どういうことですの？　なぜ彼の似顔絵を持っているんですか？」

　グレねえが説明しかけたところで、すずがつぶやきま

した。

「それにこの顔、ほかにもどっかで……」

　写真と似顔絵の男の人の髪が、すずの目にとまります。

　そのとき、すずの記おくがよみがえりました。

「あ———っ！　こいつ、バイトでいっしょのアズマ
だ！　この赤と白のメッシュが入った黒髪！　ぼうしで
かくしてたけど、ちらっと見えたんだ！」

「本当かい!?　しかしまさか、あのおとなしそうなや
つが……」

　グレねえも、おどろいたようすで言いました。

　ベリーとあずきは、話にまるでついていけません。

「わたしにもわかるように説明してください！」

「そうだよ！　ふたりだけでずるいよーお！」

「ああ、悪い。つまりこういうことだ」

　すずがそう言って、説明を始めます。

　ベリーの指輪をとったうたがいのある俳優と、ギョン
ギョンといっしょにいたなぞの男の人、そしてすずやグ

レねえといっしょにイベントスタッフとしてはたらいているアズマは、すべて同じ人らしいのです。

それをきいたベリーは、納得したように言いました。
「たしかにわたしが追いかけてきた俳優さんの本名は、アズマといいますわ。ふだんは芸名を使っていますけど」
「こりゃあいよいよまちがいないな。でもよ、アズマはベリーの指輪をとったあと、ギョンギョンといっしょにうみかぜシティーにやってきて、今はイベントスタッフのバイトをしてるのか？　いったいどんな理由があって、そんなことしてんだろ」

すずのことばに、グレねえはこたえます。
「指輪をとるようなやつなら、アズマがギョンギョンをゆうかいしたってことじゃないのかい？　アズマはギョンギョンの行きすぎたファンかなんかで、指輪はギョンギョンをさらったあとの逃亡資金にするつもりとか」
「うーん。そんなに悪いやつには見えなかったんだけどなあ」

すずの指には、アズマからもらったばんそうこうがま
だはってあります。

　すると、いてもたってもいられなくなったあずきが言
いました。

「あたし、そのアズマって人のとこ行ってくる！　ギョ
ンギョンのこと、なんか知ってるのはまちがいないも
ん！」

「お待ちなさい」

　ベリーはかけだしたあずきのポシェットをつかんで、
その足をとめました。

　すばやいあずきの動きを制した手つきは、さすがただ
ものではありません。

「あなた、アズマさんのお家をごぞんじですの？」

「え？　あ……知らないや」

「だったらどこにも行きようがないじゃありませんの。
それよりすずさん、グレねえさん。おふたりはアズマさ
んとバイト先が同じとおっしゃっていましたけど、その

バイトは明日もあるんですか?」

「ああ。明日は船上パーティーの当日だから、スタッフ全員が来るはずだけど」

　すずがこたえます。

「でしたら話はかんたんじゃありませんの。すずさんとグレねえさんは、パーティーが行われる船の一室に、アズマさんを誘導してください。わたしとあずきさんは客のふりをして船にしのびこみ、その部屋へ行きますわ。わたしは指輪を返してもらえるし、あずきさんはギョンギョン先ぱいのことをきくことができる。一石二鳥ではありませんか」

　あずきは、感心したようすで鼻息あらく言いました。

「おおー!　さすがは元かいとうさんだね!」

「しっ!　どこにパパラッチがいるかわからないんですから、その話はしないでください!」

　ベリーはあわててあたりを見まわしました。

　パパラッチとは、芸能人のあとを追いかけて、スクー

プをとろうとする人のことです。元かいとうの芸能人という
のも、大変そうですね。

　近くにだれもいないとわかると、ベリーは息をついてから話を続けました。

「まあ、わたしもギョンギョン先ぱいのことは心配ですわ。番組で共演したときも、やさしくしていただきましたから」

「ギョンギョン、待っててね！　絶対あたしが見つけるから～っ！」

　あずきの声が、夜の空にひびきわたります。

「ギョンギョン先ぱいにも熱烈なファンがいたものですわね」

　ベリーが肩をすくめて言いました。

船上パーティー スタート！

　翌日。すずとグレねえは船上パーティーの開演に向け、船の上でいそがしく動きまわっています。

　アズマに話をきくという大きな目的はありますが、仕事は仕事できっちりとやらなくてはなりません。

　船は、３時間ほどかけて近海を航行し、船内のパーティーではマジックショーやいろいろなアーティストのライブ、プロレスショーなど、たくさんのイベントがもよおされます。

　そのぶん、すずたちの仕事ももりだくさんでした。

　グレねえは、料理のもりつけを手伝っています。

　サーモンを何枚も重ねてバラの形を作ったり、サラダをリースのように美しくかざったりすると、シェフがグレねえをほめたたえます。

「キミ、ずいぶん器用なんだね。アルバイトにしておくのはもったいないよ」

　絵をかいたりなにかをデコレーションするのは、センスのいいグレねえの得意分野です。

　一方すずは、力仕事担当です。

　ビンの入った重い箱や、音響機器などを軽がると運んでいきます。ボクシングできたえた腕力は、相当なものです。

　周りのバイトなかまたちは、すずを尊敬のまなざしで見つめました。

「すごいなあ、すずさんって力持ちなんだね！」

「おう！　運んでほしいもんがあったら、なんでも言ってくれ！」

　すずはニカッと笑みをうかべます。

　それぞれの仕事をこなしながら、すずとグレねえは、スタッフ用の無線でひそかに連絡をとりあいます。

「こちらすず。アズマ……いや、ターゲットはいたか？

どうぞ」

「こちらグレねえ。ターゲットは足りない食材を買いに行ってるらしいよ。どうぞ」

「そうか。見つけしだい連絡を……あっ、帰ってきたぞ！」

　すずは、紙ぶくろをかかえたアズマのすがたを発見しました。

　すずはそっと、アズマの方に近づいていきます。そのときでした。

「すずさん。パーティーが始まったら、あなたはこれを持ってまわってくださいね。今から練習しておいてほしいですな」

　今日もぼうしをまぶかにかぶったオーナーがそう言うなり、すずに大量のシャンパングラスがのったトレーをおしつけてきたのです。

「片手で運んでくださいね。両手で持ってちゃ、かっこ悪いから。それじゃ、よろしく」

オーナーはすずの右手のひらにトレーをのせると、いそがしそうに去っていきます。
「お、おい！　これ、グラスのせすぎじゃねえか!?」
　トレーの上には、20個以上のシャンパングラスがならんでいます。
　そのためバランスをとるのがとてもむずかしく、一歩でも動けばグラスを落としてしまいそうです。
　すずはアズマの方に向かう足をとめざるをえませんで

した。

「こちらすず！　緊急事態発生！　足どめをくらってる！」

「こちらグレねえ。了解。アタシが行くよ」

　無線ですずから連絡を受けたグレねえは、アズマの方へ向かいます。

　そこで、バイトなかまのキザールに声をかけられました。

「グレねえちゃん！　今日もうるわしいね。凛としてすずしげで、初夏の風のようだ」

　グレねえはギロリとキザールをにらみます。

「……今いそがしいんだ。用がないなら話しかけないでほしいね」

「あっ、うっかりしてた。パティシエがグレねえちゃんをよんでるんだよ！」

「なんでだい？」

「ケガをして、最後のもりつけができないらしい。たよ

れるのは、グレねえちゃんだけだって」

　パティシエのもとへ行けば、ターゲットのアズマから
はなれることになってしまいます。

　グレねえはまよいました。しかし、今はあくまで仕事
中です。

「わかった。すぐに行くよ！」

　グレねえは厨房にかけだしました。

「こちらグレねえ！　同じく緊急事態発生だよ！」

「ええーっ！　そっちもか!?」

　すずのあせった声が無線からきこえます。

　そうこうしているうちに、パーティーの開始時間とな
りました。

　すずとグレねえはまだ、アズマをつかまえられていま
せん。

　客の乗船が始まって、あずきとベリーが乗りこみます。

　あらかじめベリーが乗客名簿に細工をしておいたおか

げで、難なく受付を突破することができました。

　船上パーティーの客たちは、みな美しいドレスやタキシードに身をつつみ、上品にふるまっています。

　この船上パーティーには、船を造るためにお金を出したスポンサーたちが集まっています。

　つまり、乗客はセレブばかりなのでした。

　さすがのベリーは、フリルのついたドレスを着こなし、この場にきちんととけこんでいます。

　となりのあずきも、レンタルしたドレスを着ています。

　ドレスは似合っているあずきでしたが、その言動はこの場に似つかわしくありません。

「ねえねえ！　ここにあるお料理、ぜんぶ食べ放題なの⁉　もう食べていいの⁉　あっ、そうだ。ギョンギョンがおなかを空かせてるかもしれないから、今のうちにお弁当箱につめてあとで食べさせてあげよ！　こんなともあるかと思って、持ってきてよかったよ～！」

　立食パーティー用の数かずの料理を前に、あずきは目

をかがやかせています。
　そのふるまいは、悪い意味でかなり目立っていました。
　周りの人がジロジロとあずきを見ています。
「おほほ……」
　ベリーはゆうがにほほ笑むと、ひそかにあずきの足を軽くふみました。
「いでっ！」
「あずきさん、ここにいるのはセレブの方たちばかりなのですから、ふるまいに気をつけてください。わたした

ちが本当の客でないことがバレたら、つまみだされてし
まいますわよ。アズマさんからギョンギョン先ぱいの話
をききたいのでしょう？」

　ベリーはあずきの耳もとに口をよせてささやきました。

「はっ！　もちろん！」

「おわかりになったら、すぐにそのお弁当箱をしまって
ください」

「ぐぬぬぬ……！」

　あずきはひどく残念そうに、お弁当箱をしまいます。

「さあ、早く約束の部屋へ行きますわよ。きっとすずさ
んとグレねえさんは、もうアズマさんを連れてきている
はずです」

「そうだった！　早く行こ行こ行こ！　ギョンギョンの
居場所がわかるかもしれないんだから！」

　あずきはベリーの手を引いて、走りだします。

　ふと、ベリーの視界のはしにきらめくものが映りまし
た。

91

「あれは!?」
　ベリーは息をのみました。デッキのすみで、人目をさけるように立っている、ひとりの女の人がいます。
　うつむいて海をながめているせいで、顔はよく見えません。
　その人の指には、ベリーがアズマにとられたと思っていたダイヤモンドの指輪がはめられていたのです。
　数十メートルのきょりがありますが、宝石に関して、ベリーが見まちがうはずがありませんでした。
（どうしてわたしの指輪を!?　あの人はいったい……）

ベリーはその女の人の方へ行こうとしました。

　しかしあずきは、猪突猛進で客室へ走っていきます。

　あずきのフルパワーには、ベリーもかないません。

「ちょっと待ってください！　あの方に話を！」

「覚悟しててよアズマっち！　ギョンギョンについて知ってること、ぜーんぶ教えてもらうんだから！」

　ギョンギョンのことで頭がいっぱいのあずきに、ベリーのことばはとどきません。

　あずきに手を引かれたベリーは、なかば引きずられるようにしてその場からはなれました。

　客の乗船が終わり、船は陽気な汽笛を鳴らして出航しました。

　陽は落ち、デッキに装飾されたイルミネーションが黒い海に光を投げかけます。

　パーティーのメイン会場となる大広間を、たくさんの人びとが行きかっています。

93

みんながビュッフェを楽しむなか、さまざまなイベントが始まりました。

　広間の右側ではマジックショー、左側ではプロレス、中央の壇上ではアーティストがライブを行っています。

　乗客たちは、料理を食べながら、それぞれ好きなイベントを見ることができるのでした。

　すずは、大量のグラスがのったトレーを手のひらに置いて、人びとの間をぬうように歩きます。

　最初はグラスをたおしてしまうのがこわくて、一歩も動けなかったすずですが、持ち前の運動神経のよさで、もうバランスをつかんでいました。

　乗客たちは、すずのトレーから思い思いにグラスを取っていきます。

　その間も、すずの目は注意深くアズマをさがしています。

　やがて、大きな黒ぶちめがねをかけた顔を遠くに発見しました。アズマです。

すずはトレーを持ったまま、アズマに近づきます。

なんとしてもアズマをつかまえ、話をきかなくてはなりません。

プロレスのリングの前で、すずはこちらに背を向けているアズマの肩をたたきました。

アズマがふりかえります。

「すずさん。どうかしましたか？」

すずはアズマの耳もとで、そっとささやきました。

「ききたいことがあるんだ。……ギョンギョンについて、なにか知ってるんじゃねえか？」

ギョンギョンの名前をきくと、アズマは目を見開きました。

ひどく動揺したようすで、口をパクパクさせます。

すずのとなりに、グレねえがやってきて言いました。

「静かなところで、くわしい話をきかせてくれないかい？」

アズマは青ざめた顔ですずとグレねえを交互に見ると、

やがてしぼりだすような声で言いました。

「事務所の追っ手ですね!?　ギョンギョンは……彼女はわたさない！」

　アズマは身をひるがえし、すばやく走りだしました。

「待て！」

　すずが追いかけようとするのを、グレねえが制します。

「アタシたちが無理に追いかければ、さわぎが大きくなる。これで顔をかくして、そっとつかまえよう」

　グレねえは、手に持っていた2枚の布のうち1枚を、すずにわたします。

　すずはその布を広げて言いました。

「なんだこれ、プロレスのマスクじゃねえか！」

　それは目と口の部分がくりぬかれた、プロレスラーがかぶるマスクです。

「ろうかに落ちてたんだよ。落とし物としてとどけようと思って、拾っておいてよかった」

「こんなのかぶったら、よけいに目立つんじゃねえか？」

「仕方がないだろう。アタシたちは完全に警戒された。ないよりマシさ」

　グレねえはそう言いながら、すでにマスクをかぶっています。仕方なく、すずもそれをかぶりました。

　アズマは大広間をかけぬけて、外に出ようとしています。

　すずとグレねえは、アズマを追いかけようと、一歩ふみだしました。

　そのときです。すずとグレねえは、肩をつかまれました。

「こんなところにいましたか！　チャレンジャーのおふたりですよね？」

「え？」

　すずとグレねえは、同時に声をあげます。

　ふたりの肩をつかんでいるのは、黒と白のたてじまの服を着た男の人です。

「さあさあ、チャンピオンがお待ちですよ！」

男の人はそう言いながら、すずとグレねえの背中を強い力でぐいぐいおして、プロレスのリングの中へふたりをおしこみました。

　すずとグレねえは、なにがなんだかわかりません。

「おい、いったいどういうことだ!?」

　すずがさけぶと、リングの上にいた男の人が大声をあげました。

「待ちわびたぞ、チャレンジャー！　ふたりがかりでどこからでもかかってくるがいい！　このチャンピオンが返りうちにしてやる！」

　そう言った男の人は、金色のプロレスマスクをかぶっています。プロレス用のパンツ１枚をまとった体は、ぶあつい筋肉につつまれていました。

　リングの周りに集まっている人びとは、歓声をあげます。

　すずは、ようやく状況を理解しました。

　このマスクをしているせいで、チャンピオンの対戦相

手とまちがわれたのです。
「誤解だ！　あたいたちは対戦相手じゃねえ！」
　しかしすずの声は、試合開始を告げるゴングの音によってかき消されました。
「待ってくれ。アタシたちはただのバイトで――」
　そう言うグレねえの声も観客の声援にかき消されます。
　チャンピオンは、両うでを体の前でかまえて言いました。

「どうしたチャレンジャー！　来ないならこちらから行くぞ！」

　チャンピオンは言うが早いか、すずに向かって頭つきをしようと突進してきます。

「チャンピオンズヘッドバットォ！」

　すずはするどい反射神経でとびのきます。

　コーナーにめりこむ一撃を見て、すずは心の中でつぶやきました。

（なるほど、チャンピオンの名はだてじゃねえ！）

　観客たちは大もりあがりです。

　このプロレスは、今日のパーティーのメインイベントのひとつだったことを、すずは思いだしました。

　引くに引けなくなったすずとグレねえは、本気の臨戦態勢に入ります。

　すずはボクシングのフットワークをしながら、こぶしをかまえます。

　一方、グレねえはあせりました。

剣道を得意とするグレねえですが、リングの上には竹刀の代わりとなるものがありません。仕方なくこぶしをにぎって、ぎこちないファイティングポーズをとります。

「さあさあ、かかってこーい！　チャンピオンズヒップアタック！」

　チャンピオンはグレねえに向かって、ヒップアタックをくりだします。

　グレねえがそれをぎりぎりのところでよけ、すずはチャンピオンのボディに1発、こぶしをたたきこみます。

「シュッ！」

　しかしチャンピオンのあつい腹筋にはばまれて、攻撃はほとんどきいていないようすです。

「はははは！　なかなかのスピードだ！　しかし、これはよけられるかな!?」

　チャンピオンはコーナーの上にのぼりました。

　なにやら、大技を出しそうな雰囲気です。

すずとグレねえは警戒してかまえました。

　そのときです。

「お前の相手はこのぼくさ！」

　3人目のチャレンジャーが、とつぜんリングの上にあらわれました。

「おっと！　とつぜんの乱入！　3人目の刺客かーっ!?」

　司会者が熱のこもった声でさけびます。

　3人目のチャレンジャーは、マスクをつけておらず、タオルをまきつけて口もとだけをかくしています。

「すずちゃんとグレねえちゃんだね？」

　グレねえはおどろきの声をあげます。

「キザール!?　どうして!?」

「美しいふたりを、ぼくが見まちがえるはずないからね。なにか事情があって、試合にまきこまれたんだろう？」

「ああ、そのとおりさ」

　グレねえが言うと、キザールはうなずきます。

「ここはぼくにまかせて」

「キザール、引っこんでな。アンタのかなう相手じゃない」

「グレねえちゃん、ご心配なく。あなたたちのことは、ぼくが守る！」

　キザールの口ぶりからして、よほどうでに覚えがあるのでしょうか。

　チャンピオンが、両うでを高く上げます。

「くらえ！　チャンピオンズフライングボディアタック！」

　キザールは、とびかかってきたチャンピオンからすずとグレねえを守ろうと、ふたりをつきとばしました。

　しかしキザールはにげおくれ、チャンピオンの技をまともにくらいます。

　重いチャンピオンの体の下じきになって、キザールはあっさりやられてしまいました。

「ぐはっ！　やられた……」

　チャンピオンが立ちあがっても、キザールは起きあが

ることができません。

　グレねえは、キザールにかけよります。
「アンタ、弱いなら最初から手を出すんじゃないよ」
「負けるとわかっていても……だまって見ているわけにはいかないときがあるんだ」
　キザールはたおれたまま、強がった笑みをうかべます。
　グレねえは、不思議な胸の高鳴りを覚えました。
　キザで軽いだけのやつだと思っていたキザールが、急にかっこよく見えたのです。

（なんだ、この胸の苦しさ……。いや、今はそれどころじゃない！）

　グレねえはすずといっしょに、チャンピオンに向きあいます。

「うおおおおお！　まだまだ楽しませてくれよー！」

　チャンピオンはおたけびをあげて、おそいかかってきます。

　そのとき、船がぐらりとゆれました。

「なに！」

　チャンピオンは思わず立ちどまります。

　すずは、船のゆれに負けないよう、ぐっとふんばりました。

　大量のグラスをのせたトレーを片手で持つときにコツをつかんだ、バランス感覚。

　それがゆれる船の上での攻撃を可能にしたのです。

「トレー片手のせバランシングアッパー!!」

　すずはその場で高くジャンプし、チャンピオンのあご

にこぶしをさくれつさせました。

「ぐはあっ‼」

　まともにくらったチャンピオンは、目を回してたおれます。

　すずはその場にシュタッと着地しました。

　観客から、わっと歓声があがります。

「すごい！　なんてパンチだ！」

「あのチャンピオンがやられるなんて！」

　レフェリーがチャンピオンのようすを見て戦闘不能と

判断し、試合終了のゴングが鳴ります。

　すずは歓声にこたえるように、こぶしを天につきあげました。

　そこに司会者が、困惑したようすでリングの上にやってきます。

「あのう、自分たちが本当のチャレンジャーだと言う方が来ているのですが。あなたたちはいったい……？」

「あ、ええと……これは……」

　すずは、しどろもどろになりながら説明しました。

　一方、アズマはすずとグレねえからにげようと、ろうかを走っています。

　角を曲がったところで、ちょうどあらわれた人物と肩がぶつかりました。

「あっ！　すみませ──」

　相手を見て、アズマはぎょっとした表情をうかべます。

「ベリーさん⁉　どうしてここに？」

アズマの前に立っているのは、ベリーとあずきでした。

　ふたりは約束の客室に行ってもだれもいなかったので、ようすを見にきたのです。

「ごきげんよう、アズマさん。わたしたちはあなたとお話がしたいのですわ。おとなしくついてきてもらえませんこと？」

　ベリーは、ドキッとするような冷たい笑顔でアズマにささやきます。

　アズマはおびえた表情で、小さくうなずきました。

明かされる真実！

　アズマは、客室に連れてこられました。

　いすにすわらされ、周りをすず、グレねえ、ベリー、あずきの４人にぐるりととりかこまれています。

　すずとグレねえはチャレンジャーだと誤解されたことを司会者に説明し、ようやく解放されたのでした。

「ギョンギョンは今どこにいるの!?　知ってるんでしょ!?　ねえ、教えてよ！」

　あずきが開口一番、アズマに言います。

「えっ、ギョンギョンさん!?　そ、それは、その……」

　アズマは明らかに動揺したようすで口ごもります。

　あずきがさらに言いつのろうとするのを、ベリーがおしのけて、アズマの前に立ちます。

「アズマさん、わたしの指輪を返してください」

「指輪？　あっ、もしかしてあのときの……ベリーさんのだったんですか!?」

「まあ、知らなかったとでも言いたげですわね。下手な言いわけなら、なさらない方がいいですわよ」

「ぼ、ぼくはそんな……ええと……」

　あずきが、言いよどむアズマにぐいっと顔をよせます。

「あたしがギョンギョンのこと、どれだけ心配してると思ってるの!?　早くギョンギョンの居場所を教えなさーいっ！　そうしないと、おなかを無限こちょこちょしちゃうよ!?」

「ひいっ！　それはかんべんしてください。ぼくはおなかが弱いんです」

「だったら早く教えてよー！」

「指輪を返しなさい！」

　あずきとベリーからせまられて、アズマはあわてるばかりです。

　見かねたグレねえが、ふたりを落ち着かせるために声

をかけようとしたときです。

　ガチャリという音がして客室のドアが開きました。

「アズマは、ゆうかいなんてしてません」

　そう言いながらあらわれたのは、ハート形のサングラスをかけた女の人です。

　あずきとベリーは、同時に「あっ！」と声をあげました。

「昨日、ぶつかったときに起こしてくれた人だあ！」

「わたしの指輪をしていますわね！　彼とどういう関係なんですの!?」

　たしかにその女の人は、昨日あずきと曲がり角でぶつかった人物であり、先ほどベリーが見かけた、アズマがぬすんだはずの指輪をはめている人物でした。

「わたしは──」

　その人は、ハート形のサングラスをはずします。

　そして明らかになった顔に、みんなは息をのみました。

「え……え……」

　すずが目を白黒させながらさけびました。
「ギョンギョン〜!?」
　そうです。サングラスをはずしたその人は、まぎれもなくギョンギョンだったのです。
　あずきは目を極限まで見開いて、硬直しています。
　あこがれのギョンギョンが予期せず目の前にあらわれて、頭の回路がショートしてしまったのでしょうか。
「ギョンギョン先ぱい!?　どうして……どうしてここに!?」
　ベリーがおどろきつつもたずねます。

ギョンギョンはゆっくりと歩みを進め、アズマのとなりに立ちました。

「わたしは、アズマの婚約者です」

「どういうことだ⁉　てっきりギョンギョンは、アズマにゆうかいでもされたのかと……」

　すずがそう言うと、ギョンギョンは静かにほほ笑みました。

「順を追ってお話ししますね」

　あずきはいつの間にか顔を手でおおい、指のすきまからギョンギョンを見ています。

「なにやってんだよ、あずき。せっかくギョンギョンが目の前にいるのに」

　すずがあずきをつつきます。

　あずきは声をふるわせて言いました。

「身にあまる光栄ゆえ……おそれ多く……！　直視不可能……！」

　ギョンギョンはそんなあずきを不思議そうに見つめて

から、落ち着いた口調で話しはじめました。

「わたしとアズマは番組で共演するなかで知りあい、お付き合いを始めました。もう数年前のことです。そして先日、わたしたちは結婚を決めたんです。けれど芸能人の結婚は、そうかんたんにはいきません。わたしのお友だちのアイドルは、所属する芸能事務所に結婚したいと伝えると、猛反対され、無理矢理別れさせられたとか……。それでわたしはなやみになやんだあげく、アズマとうみかぜシティーにかけおちしたんです」

続いて、アズマが口を開きます。

「ぼくは売れない俳優で、貯金もほとんどない。だから生活費をかせぐために、こうして仕事を始めたんだ」

すずは、おどろきの事実に目をぱちくりさせました。

「なんか、いろいろびっくりすぎて頭が追いつかねえぜ。……でも、とりあえずギョンギョンが無事でなによりだぜ。こいつ、すっごく心配してんだ」

すずはあずきを指さして言いました。

114

ギョンギョンはあずきに視線を送ります。

「はわっ！　わあっ！　み、見ないでえ……！　尊いが
すぎるからあ……っ！」

　あずきは顔を真っ赤にさせて言います。

　いつものあずきのパワフルさはすっかり消えうせ、蚊
の鳴くような、小さな声です。

「心配かけて、本当にごめんなさい。いつも応援してく
れてありがとう。てへっ」

　ギョンギョンがかわいらしく舌をのぞかせて、あずき
に笑いかけます。

「あうっ！　も、もうだめえ……！」

　あずきはへなへなとすわりこみます。

　ベリーがひとつせきばらいをしました。

「事情はわかりましたわ。ですけど、わたしの指輪につ
いてもご説明いただけるかしら。その指輪は、たしかに
わたしのものですもの」

　ベリーはギョンギョンがはめている指輪をちらりと見

ます。
「え!?」
　ギョンギョンはおどろき、アズマに視線を向けます。
「それは……ええと……」
　アズマはおどおどと説明を始めました。
「ぼくはあの日、撮影所におそくまで残っていました。そしたら、スタッフさんが帰りがけに、撮影で使った小道具を持ってかえらないかって声をかけてくれたんです。安いアクセサリーで、もう使わないからって。その中に、すごくきれいな指輪があって。ギョンギョンに似合いそ

うだと思って、ありがたくいただいたんです。本当は買ってあげたいけど、ぼくにはお金がなくて……すみません」

「……たしかに、わたしも小道具を持ってかえらないかと声をかけられましたわ。でも、いったい、わたしの指輪がどうしてそこにまぎれていたのかしら」

「物をなくしたら、最後にそれを見たときのことを思いだせって、いつもおやじに言われるけど……」

すずに言われて、ベリーはあごに手を当てて記おくをたどります。

「あの日、わたしはひかえ室でフォトブックにサインをしていて……あっ！　そうですわ。だんだん手がつかれてきたので、指輪をはずしたのです。たしか、そのときとなりには、スタッフさんが置いていった小道具の箱がありました。ということは……」

ベリーは、ハッと息をのみます。

「わたし、その日はとてもつかれていて、半分ねむって

いるような状態でしたから……ひょっとすると、その小道具入れの中に指輪をまちがえて入れてしまったのかも……ああ、そう考えると、だんだんそんな気がしてきましたわ！」

　真実を知ったベリーは、ため息をつきました。

「わたしとしたことが、とんだ失敗ですわ。うたがってもうしわけありません」

　ベリーはアズマとギョンギョンに頭を下げます。

「いいえ。こんなにすばらしい指輪ですから。おかしいことに早く気づくべきでした……こちらこそすみません」

　アズマはそう言ってから、ギョンギョンに向きなおります。

「ギョンギョン、ごめん。その指輪はベリーさんに返さないと……」

「うん。ごめんね、ベリーちゃん」

　ギョンギョンは指輪を自分の指からはずし、ベリーに

差しだします。ベリーはそれを受けとりました。

　すずがそれを見て言いました。

「指輪も誤解、ギョンギョンゆうかいも誤解で、一件落着ってわけか！　よかったな、あずき！」

「あうっ！　そのお……本当によかったであります。ギョンギョンの幸せこそが、わたくしめの幸せゆえ……」

「そのしゃべり方、いいかげんどうにかしろよ」

　あずきはまだ、別人のように挙動不審です。

「ですが、ええとお……おそれ多くも、ひとつだけおきかせプリーズです！　ギョンギョンはもう、歌手にはもどらないおつもりなんですか？　ギョンギョンは歌ってるとき、あんなに楽しそうで、キラキラしておられるのに、本当にそれでいいんでしょうか……？」

「それは……」

　ギョンギョンはなにか言いかけてから、まよいのあるようすで口をとざしました。

119

「今ギョンギョンが選ぼうとしておられる道は、本当にギョンギョンにとって幸せであらせられるのでしょうか!?　あ、あちきはそれがわからないと、ギョンギョンの決断を応援できませんっ！」

　あずきのことばに、ギョンギョンは心を動かされたように、目を見開きました。

　ギョンギョンはぽつりぽつりと、自分の気持ちをたしかめるようにこたえます。

「わたしは、歌うことがなにより大好き。本当は、ずっとステージで歌っていたいよ。でも、同じくらいアズマのことも大切なの。だから……どうしていいか、わからなくて」

　それだけ言って、ギョンギョンはうつむきました。

　そこで、アズマがぽつりとつぶやきました。

「……全部、ぼくのせいだ」

「え？」

　すずがききかえします。

「ぼくは売れない俳優だし、ギョンギョンさんにあげられるものなんてなにもない。それなのに自分の気持ちを優先して、ギョンギョンさんから大切なものをうばってしまった。ぼくは、歌ってるときのギョンギョンさんが大好きだったっていうのに……！」

「だけど、だけどわたしは……！」

ギョンギョンは、なみだのまじった声で言いました。

アズマがさえぎります。

「わかってる。ぼくはギョンギョンさんに見合う男じゃない。でも、ギョンギョンさんを愛しているんだ！　ぼくは……ぼくは……どうしたらいいんだああっ！」

アズマはとつぜん大声をあげたかと思うと、いきおいよく立ちあがり、とびらを開けてとびだしていきます。

「ああっ！　アズマが暴走モードに！」

ギョンギョンがさけびます。

「暴走モード!?」

グレねえのことばに、ギョンギョンはあせったように

こたえました。

「アズマはおとなしそうに見えて、実は情熱的な人なの。思いつめると、暴走モードに入る。そうなるとなにをしでかすかわからない！ 追いかけましょう！」

　一同は、あわててアズマを追いかけます。

ギョンギョンの選択

　アズマは、人気のないデッキの上にいました。

　手すりの上にすわって、黒い海を深刻な表情で見つめています。

「いっそ、この海にとびこんで……そのまま、ひとりでだれも知らない島へ泳いでいってしまおうか。そうしたら、すべてをわすれられるかも……」

「やめて！　あなた、カナヅチじゃない！」

　ギョンギョンがさけびます。

「ああ、そうだったね……」

　アズマは力なくこたえました。

　ただでさえ、冷たくて暗い夜の海です。泳ぎの得意な人だって、船から落ちたらひとたまりもありません。

「あぶないからこっちに来い！」

123

すずがアズマを連れもどそうとした、そのときです。

大きな波で船がゆれました。

「あっ！」

　アズマはバランスをくずしました。手すりの上から放りだされ、海にまっさかさまに落ちていきます。

「きゃあああっ！」

　ギョンギョンの悲鳴がひびきます。

　すずとグレねえは、反射的にアズマへ手をのばしました。けれど、とどきません。

　間に合わない──！

　すずとグレねえがそう思った瞬間、小さなかげがとびだしました。あずきです。

　あずきはデッキからとびこんで、空中のアズマの手をパシッ！　ととりました。

　そしてあずきのこしに、どこからともなくあらわれたロープがまきつきます。

　ベリーが近くに落ちていたロープを投げたのでした。

「さあ早く、ふたりを引きあげて！」
　すずとグレねえ、ギョンギョンは、あわててロープを引っぱり、あずきとアズマを引きあげます。
　あずきとアズマは、無事にデッキの上に引きもどされました。
「アズマ！」
　アズマの無事を確認すると、ギョンギョンはほっとし

て力がぬけ、その場にしゃがみこみます。

「し、死ぬかと思った……！」

　アズマはふるえながらつぶやきます。

　そんなアズマに向かって、あずきは仁王立ちになってしんけんな面持ちで言いました。

「アズマさん、しっかりしてよ！　あたしはね、たしかにギョンギョンに歌手を続けてほしいけど、いちばんの願いは、ギョンギョンが幸せであることなの！　それが、ファンってもんだよ。そんでギョンギョンが幸せでいるには、アズマさんがいなきゃダメなんだから！」

　アズマはあずきのことばをかみしめるように、しばらく沈黙しました。

　そして、小さな声でつぶやきます。

「ありがとう。にげようとするなんて、ぼくはバカだ」

　アズマは、まだしゃがみこんでいるギョンギョンに近より、そっとだきしめました。

「ギョンギョンさん。びっくりさせてごめん。海に落ち

るかと思ったとき、頭をよぎったのはキミの笑顔だった。やっぱりぼくは、キミからはなれることはできない。愛してるんだ、どうしようもなく」

　アズマがそう言うと、ギョンギョンは体をはなします。

　その顔は、意外にもきびしい表情をうかべていました。

「あなたは、自分がわたしから大切なものをうばってしまうと言ったよね。だけどそれはまちがい。あなたはわたしから、なにひとつうばうことなんてできない。すべてはわたしが自分で決めたことなの。わたしがあなたといっしょになることを選んだ。たしかに歌手をやめたくはないけど、今の事務所をはなれても、きっとまたどこかで歌える日は来る」

　ギョンギョンは、あずきをふりかえります。

「……そんなふうに思えたのは、あなたのおかげだよ、あずきちゃん。わたしは思っていたよりずっと、ファンに愛されてた。あずきちゃんの想いにこたえるためにも、わたしは幸せにならなくちゃ！」

あずきは、目と口を真ん丸に開いて、右往左往します。

「あ、あまりにももったいなきおことば！ 末代までの家宝にいたしまするーっ！」

あずきの変なせりふに、ギョンギョンはくすくす笑います。

そのとき、男の人の声が背後からとんできました。

「話はすべてきかせてもらいました」

ふりかえると、そこにはぼうしをまぶかにかぶった、イベント会社のオーナーがいます。

「ギョンギョン。ほかの事務所のアイドルが結婚を反対されたからといって、どうしてうちの事務所も同じだと思ったのですか？」

オーナーは話しながら、こちらに一歩一歩近づいてきます。

「あなたは人一倍責任感が強いから、そう思いこんでしまったのですな。でも、もっとわたしたちを信頼してほしかった。社長もわたしも、ギョンギョンとはいい関係

をきずいていると思っていたのに」
　オーナーがギョンギョンの前まで来ました。
　ギョンギョンの顔がおどろきにそまります。
「その声は……！」
「そう、わたしです」
　オーナーは深くかぶっていたぼうしを取りました。
「あーっ！　ギョンギョンのマネージャーの、ヒラメさん!?」
　あらわれた顔を見てすずが言います。
　それはかつて、すずたちも会ったことのあるギョンギョンのマネージャーでした。
「ひさしぶりですな、みなさん」
「な、なんで!?　オーナー

じゃなかったのか!?」

　ヒラメはうなずきながらこたえます。

「わたしはギョンギョンとアズマさんがかけおちしたその日のうちに、ふたりの足取りをつかんでいました。しかしギョンギョンは深く思いなやんでいるようすだったので、むやみに接触するのはきけんと判断したのです。そしてアズマさんのはたらき先のオーナーのふりをして、動向を見守ることをヒラメいたのですな。本物のオーナーは別にいますが、その方もギョンギョンのファンでして。事情を話したらこころよく協力してくれました」

「全然気づかなかったぜ……！」

　すずが感心したようにつぶやきます。

　ヒラメは、ギョンギョンに向きなおりました。

「さて、本題にもどります。ギョンギョン、事務所はアズマさんとの結婚に反対するつもりはありません。どうかこれまでどおり歌手活動を続けながら、結婚生活を送ってください」

「えっ……！」

「ギョンギョンも幸せ、ファンも幸せ。それが事務所の幸せになるのですから」

　ギョンギョンの顔が、みるみるかがやいていきます。

「いいの？　今度のライブも、予定どおりできるの？」

「もちろんです。全国のファンが待っています」

　ギョンギョンはとびあがってアズマにだきつきました。

「うれしい……うれしいっ！」

「ぼくもだよ、本当によかった！」

　アズマも満面の笑顔です。

　そしてあずきの喜びは、言うまでもありません。

「ギョンギョンのライブ行ける……！　ギョンギョン幸せそう……！　うえ〜ん！　うれしいうれしいうれしいよ〜！　胸がアツすぎて、ホットケーキ焼けちゃいそうだよ〜！」

　幸せいっぱいのギョンギョンとアズマに、ベリーが近よります。

ベリーは、アズマに言いました。

「すべてうまくいきそうでよかったですわね。お祝いに、わたしからアズマさんへのプレゼントですわ」

　ベリーは、先ほど返してもらった指輪をアズマに差しだしました。

「え？　でも、これは……」

　とまどうアズマに、ベリーはことばを続けます。

「これはもうあなたのものですわ。ちなみにこの宝石、ダイヤモンドには『永遠の愛』という意味がありますの。あなたはこれを、だれにささげるのかしら？」

　アズマは指輪を受けとります。

　グレねえは、ベリーに小声でたずねました。

「いいのかい？　ダイヤモンドって、すごく高価なんだろう？」

「悔いはありませんわ。あの指輪、わたしよりギョンギョン先ぱいの方が似合っていましたし」

　ダイヤモンドの指輪は、アズマの手の中で美しく光り

かがやいています。

　それをささげたいと思う相手は、ひとりしかいません
でした。

　アズマは熱いまなざしを、ギョンギョンにまっすぐ送
ります。

「ギョンギョンさん、約束します。ぼく、もう二度と弱
気になったり、目の前のことからにげようとしたりしま
せん。だから、受けとってくれますか？」

　アズマはひざまずいて、ギョンギョンに指輪をはめま
す。

「改めて、ぼくと結婚してください」

　アズマのプロポーズに、ギョンギョンはまようことな
くうなずきました。

「はい。幸せになりましょう、みんなといっしょに」

　ギョンギョンがこたえたとき、気をきかせたヒラメが
スタッフに無線で指示をして、パーティー用の花火を打
ちあげました。

まばゆい光のうずが、夜空いっぱいにかがやいて、幸せなふたりのすがたを照らしだします。

　そして、あずきのなみだと鼻水でぐちゃぐちゃな顔も。

「よがったよお、よがったよお！」

　あずきはふたりの幸せを、心の底から喜んでいます。

　すずたちも、大きな拍手と歓声をおくりました。

　ヒラメが、ギョンギョンにそっと耳打ちします。

「みんな大もりあがりですな。よかったら、１曲歌っては？　今夜はパーティーですから」

　ギョンギョンはそのさそいに、大きくうなずきました。

「ギョンギョン、歌わせていただきます！　アイドル歌手人生、再出発の１曲目として！」

「ぎゃ────!!　最高すぎるよお〜〜〜 !!!」

　あずきは喜びのあまり、目を回しています。

　やがて準備が整うと、ギョンギョンがステージに立ちます。

135

あずきは最前列の真ん中、いちばんいい場所で、目をダイヤモンドよりもかがやかせています。
「ギョンギョン、大好きーっ！」
あずきの声が、船にひびきわたりました。
楽しい夜は、始まったばかりです。

すず・あずき・グレねえと ギョンギョンの

ドキドキ タイムカプセル

ボッボー……。

　港にもどった船が、パーティーの終わりを告げる汽笛を鳴らします。

　乗客が船をおりていくなか、グレねえは使用ずみのお皿をトレーの上に何枚も重ねていきます。

　グレねえはお皿が高く積みあがったトレーを持ちあげました。けっこうな重さです。

　しかし洗い場に向かって歩きだしたとき、ふと、ずっしりとしたトレーの重みが消えました。

　横からあらわれたキザールが、グレねえの手からそれを取ったのです。

「かれんなグレねえちゃんに、こんな重いものは持たせられないな」

　グレねえはキザールを見ると、胸がかすかにざわめくのを感じました。

　キザールはプロレスの試合で負ったきずに、何枚も湿布をしています。

ケンカが強いわけでもないのに、グレねえやすずを守るため、自分よりずっと大きな相手に立ちむかっていったキザールのすがたがよみがえります。

　それはキザなことばかり言う軽いノリのやつというキザールの印象を、大きく変えるものでした。

　ふと、船が少しゆれました。

「わわっ！」

　重いトレーを持ったキザールがよろけます。

　グレねえはあわててキザールの体をささえました。

「大丈夫かい？」

　グレねえにそう言われて、キザールは少しはずかしそうに笑いました。

「ははは。どうもかっこうがつかないな」

　ふと、キザールはしんけんな面持ちになって、まっすぐグレねえを見つめます。

「グレねえちゃん。これ、受けとってもらえませんか」

　キザールはお皿ののったトレーをテーブルに置くと、

ポケットからメモを取りだしました。
「ぼくの連絡先だよ。やさしくて、芯の強いグレねえちゃんのこと、もっとよく知りたいんだ」
　グレねえはおどろいて、キザールの手の中のメモを見つめます。
　キザールはグレねえがこまっていると思ったのか、あせったように言いました。
「ぼく、軽いやつに見られるけど、だれにでもこんなことしてるわけじゃないんだよ。それだけは誤解しないで

ほしいっていうか……」

「わかってるよ」

　グレねえはキザールのことばをさえぎりました。

「アンタがチャラいだけの男じゃないってことは、よく

わかってる」

　グレねえはそう言って、キザールの連絡先を受けとり

ました。

　一方、すずとあずき、ギョンギョンは、デッキの片す

みに集まっています。

　ギョンギョンは夜の海を背に、あずきに言いました。

「ここでお別れするのは、さみしいな」

「ぎょんっ！」

　あずきは目をハートにして、人見知りする子どものよ

うに、すずの背中にかくれます。

「さ、さみしいでございまするがっ！　今夜のメモリー

はあちきの胸にフォーエバー！　きざまれましたっ！」

141

あずきはまだギョンギョンに慣れず、いつにも増しておかしな反応です。

　すずはそんなあずきに苦笑しながら、ギョンギョンにたずねました。

「ふたりは、これから事務所にもどるのか？」

「うん、そのつもり。まずは社長におわびとお礼を言わないと。すずちゃんたちは、この街に住んでるの？」

　ギョンギョンはすっかり、すずたちに打ちとけたようすで、口調も気安いものになっています。

「あたいらは、となりまちタウンに３人でルームシェアしてるんだ」

　それをきいたギョンギョンは、なつかしそうに言いました。

「となりまちタウン！　友だちがそこに住んでいて、子どものころよく行ったなあ」

「へえ。最近は来ることもないのか？」

「うん、その友だちは遠くに引っこしちゃって、もう連

絡先もわからないや。……そういえばその子の家、とってもすてきなおやしきだったの。街からはなれた森の中にあって、とっても古かったけど、わたしは大好きだった」

　ギョンギョンのことばに、すずはなにか引っかかったようすです。

「古い、森の中のおやしき……？」

「そうそう。その友だちといっしょに、おやしきの庭にタイムカプセルをうめたっけ。結局、ほりかえさなかったけど、どうなってるかなあ」

「それってもしかして……あたいたちが住んでるおやしきじゃねえか!?」

「ええっ!?」

　ギョンギョンはおどろいて、口もとを手でおおいます。

　すずはギョンギョンに、おやしきの特徴を伝えました。

　たくさんの部屋、バラのさくイングリッシュガーデン、りっぱならせん階段……。

それをひとつひとつきくたびに、ギョンギョンは強く
うなずきました。
「ああっ！　まちがいないみたい。あのおやしきにすず
ちゃんたちが住んでるなんて、すごいぐうぜん！」
「びっくりだな、あずき！」
　しかしあずきはギョンギョンにみとれるあまり、まっ
たく話をきいていないようです。
「うんうん。ギョンギョンのかわいさにびっくり！」
「いや、そうじゃなくて……」
　そこでギョンギョンは、なにかを思いついたように手
を打ちました。
「そうだ！　今度おやしきにおじゃまさせてもらっても
いいかな？　あのタイムカプセル、ほりかえしたいの！」
「もちろん！　あたいは大さんせいだぜ。まあ、いちば
ん喜ぶのはあずきだろうけど」
　しかしあずきはやっぱりギョンギョンにみとれて、話
をきいていません。

「ぎょーん……。ギョンギョンがこんなに近くに……まだ信じられない。やっぱこれ、夢!? 夢でもいい、だってこの世は夢のごとくにそうろう……！」

　ぶつぶつひとりごとを言ってばかりのあずきの耳に、すずは口をよせました。

「あずき！ ギョンギョンがうちに遊びにくるってよ！」

「うんうん、ギョンギョンは尊い……って、えええええ!?」

「やっと話が通じた」

　すずが肩をすくめます。

「よろしくね、あずきちゃん。てへっ」

　ギョンギョンのアイドルスマイルにハートをうちぬかれて、あずきはさけびました。

「ぎょ————んっ!!」

　すずとグレねえとあずきは、うみかぜシティーから森

のおやしきに帰ってきました。
　それから数日後、ギョンギョンと、アズマは約束どおりたずねてきました。
「ああ、やっぱりあのときのおやしきだ！」
　ギョンギョンはおやしきを見あげて言います。
　その横顔に、ふとさみしそうな表情がうかびました。
「どうかしたの？」
　アズマにたずねられて、ギョンギョンはこたえます。
「たしかに昔と同じおやしきだけど……ずいぶん印象が

変わったなって。なんだかおばけが出そうなくらい、ひっそりしてて」

「実際出たけどな」ということばをおしこめて、すずは言います。

「昔はちがったのか？　ギョンギョンが子どものころから、ずいぶん古いおやしきだっただろ？」

「うん。でも当時は、もっともっと明るい雰囲気だったの。いっしょにタイムカプセルをうめた女の子と、そのご両親。おじいちゃんおばあちゃんに、メイドさんやお客さん……いつ遊びにいってもたくさんの人がいて、笑顔があふれてたんだ」

ギョンギョンは昔を思いだすように目をとじます。

その脳裏に、かつてのおやしきのようすが思いうかびました。

ギョンギョンとこのおやしきに住んでいた友だちが広間で遊んでいると、友だちのおばあちゃんがピアノを弾きにきたり、お母さんが焼いたばかりのクッキーを持っ

てきてくれたり、メイドさんがおもしろい話をしにきたり。

　おやしきに住む人たちだけではなく、その友だちや、たまにお母さんが開く料理教室の生徒、りっぱなおやしきをひと目見ようとやってきた街の人びとなど、いつもたくさんの人が入れ代わり立ち代わりあらわれて、活気に満ちあふれていました。

「よくホームパーティーも開催されてね。わたしが初めて人前で歌ったのも、そこでだったなあ。とってもきんちょうしたっけ」

「ギョンギョンの初ライブがここで行われていたと!? な、なんて貴重な情報……!　秘伝の巻物に書きのこさないと……!」

　あずきがそわそわしながら言いました。

「秘伝の巻物ってなんだよ」

　すずがツッコミます。

　ギョンギョンはそんなふたりに笑顔を見せつつ、たず

ねます。
「このおやしきに住んでいたご家族は、どこに行ったの？　なにか知ってる？」
　すずは首をふりました。
「いや、なんにもきいてないんだ。昔はそんなにたくさんの人が住んでたことも、初めて知ったぜ。メイドまでいたなんてな」
「わたしより少し年上のお姉さんでね。ちょっとはずかしがり屋さんだったけど、おもしろい子だったんだ」
「へえー！」

ギョンギョンは、おやしきから目の前の中庭へ視線を
うつします。
「さて、思い出話はここまで。タイムカプセルをさがそ
う！」
「おー！」
　すずたちは気合のこぶしを天につきあげました。

　そして10分後。
　タイムカプセルは早くも見つかりました。
　ギョンギョンのためにと意気ごんだあずきが、猛ス
ピードで庭をほりかえしたからです。
　午後のおだやかな光がふりそそぐ庭で、一同は今、土
だらけのタイムカプセルを持ったギョンギョンをとりか
こんでいました。
「ああ、このおかしの缶。なつかしい！」
　ギョンギョンはタイムカプセルの缶を、うれしそうに
なでます。

150

それは赤と青の花がえがかれた、レトロな缶でした。

「それじゃあ、開けるね」

　ギョンギョンが指先に力をこめます。

　しかし缶はさびついているのか、なかなか開きません。

「ぼくが開け――」

「わたしが開けてあげるっ!!」

　タイムカプセルに手をのばしかけたアズマを、あずきがおしのけます。

　あずきはギョンギョンからタイムカプセルを受けとると、いともかんたんに缶を開けました。

　小柄なあずきですが、実は力じまんなのです。

　缶の中から出てきたのは、小さなぬいぐるみやキーホルダーなどの、細ごまとしたものたちです。

「わ～！　なつかしい！　このぬいぐるみ、気に入ってたのにうめちゃって、後悔したっけ」

　ギョンギョンはなつかしそうにそれらをながめました。

　そんなギョンギョンを、あずきは満ちたりたようすで

見つめています。

「これはなんだい？」

　グレねえがタイムカプセルがうまっていたあなの中を指さしながら言いました。

　そこには、赤いシーリングスタンプで封をされた、1通の封筒が残っていました。

　ギョンギョンは不思議そうに首をかしげます。

「おかしいな。こんなの入れた覚えはないんだけど。いったいだれがうめたんだろう？」

　ギョンギョンが封筒を手に取ります。

　そこには、「いつかこの手紙を見つけた人へ」と書いてありました。

「なんだか、ちょっとこわいな。でも、開けてみたらなにかわかるかも」

　ギョンギョンはそう

言って、封筒を開きました。

中には1枚の白い便せんが入っています。

そこにはこう書かれていました。

——わたしをさがしだして——

「……どういうことだ？」

すずがつぶやいて、ギョンギョンが首を横にふります。

「わからない」

グレねえは、少し深刻な顔になって、ぽつりとつぶや

きました。

「……このおやしきには見つけてほしがってるだれかが

いるのかもしれないねェ」

ふと、ぬるい風がふいて、皆のほほをなでます。

すずたちは、目の前のおやしきを見あげました。

おやしきは沈黙して、ただそこに鎮座しています。

そのようすは、まるで多くのひみつをかかえこんでい

るようでした。

今だれもいないはずのおやしきに、ひとつのかげがあります。

　かげは、カーテンの間から、ほんのわずかに顔をのぞかせました。

　庭でおやしきを見あげているすずたちが見えます。

　しかしすずたちは、このかげに気づいたようすはありません。

　かげはすずたちに語りかけるように、ほんの小さな声で言いました。

「……わたしをさがしだして」

ギョンギョンのお仕事スケジュール

またたび日誌番外編

時代劇の撮影
着物やカツラを朝早くからじゅんびするよ。スタッフさんやエキストラさんなど、たくさんの人のおかげで撮影ができるの。

6時〜14時

着つけ＆ヘアメイク

いざ本番！

早朝から撮影の日

みんなありがとう♡

うとうとしちゃった

18時〜19時

14時〜15時

ラジオの公開収録
ファンのみんなとお話してるみたいでとっても楽しかった！

移動
移動はヒラメさんが運転してくれる車ですることが多いよ。

わたしの2日間の
お仕事のスケジュール
を見せちゃう♡

 どんな瞬間もかわいいギョンギョン、まさにこの世のきせき……！

 見えないところでもたくさんじゅんびや練習をしてるんだねェ

 あれ、あそこにいるのって……？

ストレッチと声出し

夜の歌番組に向けて、体をほぐしながら、少しずつ声を出していくよ。

リハーサル

歌だけじゃなく、立ち位置やトークの流れも最終チェック。この日はベリーちゃんといっしょだったの！

10時〜11時

いいパフォーマンスのため！

13時〜14時

ベリーちゃんと

歌番組の生放送の日

楽しんでもらえたかな？

19時〜20時

空き時間は……

打ち合わせ

ヒラメさんとライブや新曲の相談をすることもあるよ。

歌番組本番

きんちょうしたけど、とっても楽しかった！やっぱり歌うことが大好き！

休けい

次のお仕事までリラックス。アイマスクはひつじゅひん！

すずのまたたびデイズ
はちゃめちゃパティシエしゅぎょう

自分のやりたいことがわからずもんもんとしていたすずは、あずきとグレねえと3人で
ルームシェアをすることに！超高額なおやしきの家賃をはらうために
アルバイトをさがすけれど、面接で失敗してばかり……。
なんとか採用してもらえたケーキ屋さんで、初めてのアルバイトにちょうせん！

 実家を出るのもバイトをするのも初めてでいろいろ
大変なこともあったけど、すげーいい経験になったぜ！

すずのまたたびデイズ
テレビ局で事件発生!?

3人の次なるアルバイト先はテレビ局！
びんわんプロデューサーのもとで番組
作りのお手伝いをすることに！ところが、
ダーサイがけがをしてしまい……!?

テレビ局でギョンギョンに会
えなくて残念だったよぉ～
けど、番組のロケハンは
けっこう楽しかったかも！

すずのまたたびデイズ
おやしきにひそむおばけ!?

すずはたんてい事務所、あずきは金継
ぎ職人、グレねえは超有名占い師・ジジ
ババのもとでアルバイトをすることに！
そんななか、おやしきで次つぎに不思議
なことが起きて……？

もともと占いは好きだった
けど、占いに対する考え方
が変わったよ。それにしても、
おやしきのなぞは深まるば
かりだねぇ……。

原作 **トロル**
田中陽子（作担当）、深澤将秀（絵担当）。代表作に、「おしりたんてい」シリーズ（ポプラ社）、『オニガシマラソン海』（教育画劇）などがある。

文 **井上亜樹子**
脚本家、小説家。アニメ「おしりたんてい」の脚本も担当。脚本を務めた代表作に「ゲゲゲの鬼太郎（第6期）」「ONE PIECE」「宇宙なんちゃらこてつくん」など。

絵 **雛川まつり**
書籍のイラスト、学習マンガなどで活躍するイラストレーター。第2回新コミックエッセイプチ大賞、第22回電撃大賞イラスト大賞金賞受賞。兵庫県淡路島在住。

すずのまたたびデイズ（4）
すずのまたたびデイズ
消えた推しをさがせ！
2024年10月　第1刷

原作	トロル
文	井上亜樹子
絵	雛川まつり
発行者	加藤裕樹
編集	百瀬はるか
発行所	株式会社ポプラ社 〒141-8210 東京都品川区西五反田3-5-8 JR目黒MARCビル 12階 ホームページ　www.poplar.co.jp
印刷・製本	中央精版印刷株式会社
編集協力	佐藤裕介
装丁	坂川朱音（朱猫堂）
本文デザイン	坂川朱音＋小林由衣（朱猫堂）

©Troll, Akiko Inoue, Matsuri Hikawa 2024
ISBN978-4-591-18332-8　N.D.C.913　159p　20cm　Printed in Japan
落丁・乱丁本はお取り替えいたします。
ホームページ（www.poplar.co.jp）のお問い合わせ一覧よりご連絡ください。
読者の皆様からのお便りをお待ちしております。いただいたお便りは著者にお渡しいたします。
本書のコピー、スキャン、デジタル化等の無断複製は著作権法上での例外を除き禁じられています。
本書を代行業者等の第三者に依頼してスキャンやデジタル化することは、
たとえ個人や家庭内での利用であっても著作権法上認められておりません。

P4166004